UN HOMME
DANS LA POCHE

Fille d'un mineur communiste maire de son village, Aurélie Filippetti est née en 1973 à Villerupt. Ancienne membre des Verts, conseillère du 5ᵉ arrondissement de Paris, elle a désormais rejoint les rangs du parti socialiste. En 2003, son premier roman, *Les Derniers Jours de la classe ouvrière*, a été très remarqué par la critique et le public.

DU MÊME AUTEUR

Les Derniers Jours de la classe ouvrière
Stock, 2003
et « Le Livre de poche », n° 30261

Aurélie Filippetti

UN HOMME
DANS LA POCHE

ROMAN

Stock

Publié avec le concours du Centre national du livre

TEXTE INTÉGRAL

ISBN 978-2-7578-0122-2
(ISBN 2-234-05905-4, 1re publication)

© Éditions Stock, 2006

à G. et C.

Depuis longtemps je n'ai plus de nouvelles de toi. J'ai croisé ton visage deux ou trois fois, tout au plus. Il me reste à imaginer ce que tu gardes de nous. Je préférerais que ce passé ne se soit pas écoulé comme la pluie dans la mer, mais j'ai pris le parti d'oublier la douleur. L'anesthésie. Je ne te juge pas. Je ne pense plus rien de toi. Avant, oui, je pleurais, tous les jours, chaque moment sans toi était souffrance, arrachement de ma peau. J'avais en moi une force, là, au milieu du ventre, qui encrochetait mes entrailles comme un hameçon de pêcheur. Partout derrière toi flottait ce filin, minuscule mais tenace, et tout à l'autre bout du nylon fragile, il y avait moi qui, comme une ombre, à distance suivais. Où que tu ailles, ma pensée t'accompagnait. Bien sûr, cela devait prendre fin. On restait des heures à faire l'amour dans ma chambre en pleine semaine et, lorsque ta main touchait la peau autour de mon cœur, ma peau n'était plus qu'une extension de mon cœur. Pour la première fois, j'aimais aimer. Jamais je n'avais osé en rêver car tout ce bonheur dégoulinant, ce n'était pas pour moi, forcément, avec toute cette colère, cette hargne, de n'être pas au monde du côté qu'il fallait, de traîner derrière soi tous ces fantômes d'acier. Et te voilà, toi, comme si fait justement pour ça, à ma méchante mesure. Quand on vise à côté on n'a pas de mauvaise surprise, pensais-je, mais c'était faux, la juste mesure de l'amour c'était cette adéquation entre toi et moi. Nous étions deux égaux, du moins le croyais-je. Il n'y avait plus que la folie douce d'imaginer que cette rage dans moi en amour pleuvait sur tes lèvres. Fin des grignotages entre deux draps : juste le bonheur de se régaler toi de moi moi de toi.

À tant t'aimer, à tant me croire aimée, aujourd'hui je t'ai perdu, mon amour.

Il n'y a pas eu de première rencontre entre nous. Tu étais debout contre un mur, absent, les cheveux ébouriffés comme toujours et un vague air dégingandé dans ta maigreur. Je t'ai vu, précisément, ton visage, ton allure, ces deux lignes de fuite de ton regard ailleurs, oblique, et de ta silhouette verticale, comme un trait de flèche planté dans le sol et légèrement brisé par l'arête du dos. Tes mains étaient posées en appui derrière toi. Ensuite est apparue ta bague. J'ai tracé une croix sur l'ébauche de quoi que ce soit.

J'ai étouffé tout ce qui pouvait à du désir ressembler.

Les moments vécus ensemble auront été, somme toute, plus brefs que le temps passé à y penser.

De toute manière, il fallait se méfier des hommes, non ? Il lui avait dit salut mon amour et elle avait pensé, ça y est, c'est reparti la grande comédie sentimentalo-machin. Elle s'était dit : à ce moment-là il y avait des consignes, l'homme tombé dans la poche de fonte on devait lui appuyer sur la tête. Il s'enfonçait plus vite et souffrait moins longtemps. Puis on mettait de côté la coulée, on tirait un rail, on le posait dans le cercueil, point. Barbarie ouvrière : appuyer sur la tête. Tu te rends compte mon amour, comment l'amour peut-il exister après ça ? Toi ta vie bien rangée ta femme tes enfants et moi ma coursive ma poche de fonte et celui qui la charge de silice pour la rendre moins cassante, la refroidir ou bien y remettre du charbon à la pelle. Allez-y ! l'ingénieur passe à côté : manque de silicium, trois quatre pelletées. Il y a des rambardes mais à l'endroit où l'on ne travaille pas faut pas gêner la pelle, c'est comme un quai mais pas un quai de gare, où l'on se les roulerait, les pelles, des pleines bouches pour ne pas se dire au revoir, ni un quai de port car, à la place de l'eau, du métal à mille quatre cent quatre-vingts degrés. Fonte en fusion. Celui qui est là au-dessus va trébucher c'est fatal, dans ma tête mon amour il est déjà tombé.

Il est tombé et au-dessus de lui il est écrit que celui qui tombe dans la poche il faut lui appuyer sur la tête, et moi je pense comment, si c'est écrit c'est envisagé, c'est même prévu, c'est une possibilité de l'usine qui affiche la consigne, la consigne dit : Si un homme tombe, il faut lui appuyer sur la tête... Et c'est peut-être ton père, ton frère, ou ton grand-père, qui ces choses ont écrit et c'est sans nul doute mon grand-père, ses frères ou bien mon père qui étaient censés les lire, les appliquer, leur obéir, alors comment veux-tu qu'il y ait encore entre nous une toute petite place pour autre chose que la haine ? Comment l'amour entre nous ne serait-il pas autre chose que la continuation de cette lutte, mon amour...

Tu es arrivé chez moi un matin je dormais encore. Ça ne t'a pas gêné de me réveiller puisque c'était pour m'annoncer la grande nouvelle que tu m'aimais. Je n'aurais pas préféré dormir, j'aurais préféré ne pas avoir eu peur de te manquer et de manquer ta bouche tes mains à ma bouche à mes bras collées comme si, désormais, c'était sûr, plus jamais tu ne lâcherais. Tu avais pleuré, paraît-il, toute la nuit, tu avais le visage bouleversé, j'aurais dû penser que ça commençait mal, mais tu avais des larmes dans les yeux et tu me souriais en m'appelant au téléphone parce que tu m'aimais.

Devant l'immeuble, au pied de la pierre de taille, petit refuge cossu de nos amours cachées, havre miraculeux où la vie m'avait jetée, avec un salaire encore, alors, un homme dormait sous un carton.

Il faut souvent qu'un jour délimite un avant, un après.

Rencontre, regard, imagination.

Je t'imagine nouveau collègue, ami en visite, j'apprécie le fait de découvrir un visage agréable dans une salle pleine de mauvaises intentions. Me voilà devant toi – ironie, moqueries et coups d'œil –, je lance un bonjour à un autre. Désir désordre, déjà. Quelque temps plus tard, au détour d'une phrase, tu reconnaîtras m'avoir auparavant entrevue sur une vieille photo de vacances ayant éveillé ta curiosité. D'une plaisanterie tu t'étais fait un défi, d'un clin d'œil amical une possibilité de conquête. Cela ne changeait rien à la suite, c'est ce que tu me dis en constatant ma gêne pendant que tu me racontais ta version de notre histoire. La mienne ne collait pas. Je t'ai posé et reposé la question, j'ai creusé les détails.

Quelque chose résistait. Je pressentais l'habituelle aventure de celui qui cherche dans l'autre autre chose que l'autre lui-même. J'éliminai vite ces idées noires. Je ne savais rien et ne voulais rien savoir. Tout cela, c'est bien après, lorsque, la confiance aidant, on refait à deux le film de la première rencontre, et que l'on tente d'expliciter les causes d'un désir qu'on s'évertue à trouver naturel pour ne pas vouloir comprendre qu'il était préparé par une infinité de signes. Il nous avait semblé que l'on allait l'un vers l'autre comme deux inconnus dans la foule et que c'était inévitable, ce choc, ce heurt, cette bousculade tout autour. En fait, il y avait des indices, des panneaux gigantesques qui fléchaient le chemin qu'on croyait inventer. Des bras tendus nous faisaient balises, et l'on se contentait de suivre, en ruminant derrière nous un bon paquet d'années, d'autres histoires, d'autres visages, d'autres mains. On se raconte que l'autre ne naît qu'avec soi, et puis soudain le passé vous saute à la figure, mais je ne pensais pas que ce serait aussi vite. Avec toi, l'homme marié, ce fut tout de suite. Je ne connaissais ni ta jeunesse ni ce que tu avais fait de tes années d'avance. Pourquoi es-tu venu chez moi, mon amour, pourquoi ton visage derrière la porte quand j'ai ouvert m'a-t-il semblé tout à coup m'attendre...

Tout de suite quelque chose a cloché. C'est le fait du matin. On se retrouvait un matin l'un en face de l'autre comme si nous avions passé la nuit ensemble, alors que rien, nous étions deux quasi-inconnus qui n'avions rien à faire dans un tête-à-tête sur café croissant beurre; nous devions travailler une heure ou deux et j'avais juste eu la mauvaise idée de te proposer de faire cela chez moi, avec un fort désir l'un de l'autre et mon canapé tout près.

Tu t'es approché et tes bras se sont soulevés comme pour s'étirer latéralement; j'étais devant toi j'avançais je pensais au revoir et me suis retrouvée encagée au milieu. Tu m'as entourée de ces deux épaules surgies à l'horizon de mon regard perdu dans le tien, et j'ai pensé non, il ne faut pas, il est trop vieux pour moi, mais à la seconde suivante je me demandais ce que cela faisait d'embrasser un vieux. À la seconde d'après c'était trop tard, ma curiosité avait gagné et tes lèvres étaient épaisses et douces. Donc, on s'embrassait. Autour de moi dansait la corde de tes bras dont je ne parvenais pas à comprendre la trajectoire, tendus et laissant une ouverture à l'arrière ; je m'interrogeais avec perplexité sur l'inconfort de ta position, coudes levés, et sur le temps pendant lequel tu pourrais ainsi la mainte-nir, davantage que sur la symbolique, pour le moment ésotérique, qu'incarnait un effort aussi original pour sublimer le traditionnel croisement des bras derrière la taille et remontée avec caresses des mains dans le dos. Il aurait fallu que je recule de trois pas en baissant la tête pour me dégager, et maintenant j'imagine que tu m'expliquerais que non, il y a toujours eu un espace pour sortir, le geste n'était pas irréversible, il n'aurait pas dû avoir lieu, d'ailleurs, si ça n'avait tenu qu'à toi, je t'ai presque forcé, tu ne voulais pas vraiment mais n'as pas pu résister. Au moins on a échappé à toutes les tentatives chorégraphiques que tu m'as par la suite avoué avoir envisagées : ainsi du genou au sol devant moi estomaquée, embarrassée de moi-même, assise sur le radiateur. L'image de toi implorant, main tendue, yeux levés à mes pieds si peu princiers, j'en aurais pleuré de rire et tout aurait été gâché. Je t'ai évité ce ridicule.

Puis ce ne fut plus que la litanie des fuites et la psychothérapie de couple – le tien, je veux dire. Je ne parviens pas à t'en vouloir, je persiste parfois à croire que tu m'as aimée, je me trompe peut-être. Ce premier baiser relevait d'armements déloyaux de destruction massive. Le droit de la guerre ne s'applique donc pas. Toutes représailles sont légitimes. J'ai usé sur toi de ce que les gens appellent le privilège de l'âge. J'ai provoqué le baiser souhaité pour voir jusqu'à quel point tu pouvais résister, et ce n'était pas bien longtemps. Appelons cela perversité de la jeunesse. Entraînée par mon esprit malin, j'ai voulu aller plus loin et tu n'étais pas en mesure de refuser. C'est ce que tu pourrais dire, et personne ne t'en ferait grief. Mon amour, je préférerais presque que les choses se soient passées ainsi, dans une parfaite maîtrise de ma vie et de la tienne ; pour cela j'assumerais volontiers le rôle de la mauvaise femme, la briseuse de ménages, la voleuse de maris. En fait, dans mon souvenir, j'ai dû bredouiller ce qu'on bredouille dans ces cas-là, tenté un mélange d'humour et de feint dégagement, comme si ce qui venait de se passer n'était après tout pas si grave, alors que oui, peut-être, c'était grave, n'aurait pas dû avoir lieu, et chacun de nous le savait. Nous trahissions toutes les règles les plus élémentaires, nous empiétions sur la vie l'un de l'autre avec la légèreté d'une horde de bisons assoiffés – je n'ai finalement pas très bien compris de quoi. C'était grave, peut-être, mais dans une histoire qu'on dit d'amour rien n'est irréversible. On peut partir après le premier baiser, s'arrêter là si brutalement la langue tout à coup fait défaut et ne parvient pas à trouver son plaisir dans les lèvres de l'autre. On peut aussi partir au premier matin, après avoir consommé entre deux draps l'en-cas d'une fête qu'on devine indigeste. Ou au contraire laisser simplement les corps s'épancher et n'en plus parler.

On peut tout mais ce n'est pas cela que nous avons choisi.

Jamais chez soi. Avec mon appartement si petit on est tout de suite l'un près de l'autre. Je me suis assise sur le radiateur. Toi, tu étais sur une chaise. On avait l'air un peu gauche, à nos âges, enfin surtout au tien, à se regarder ainsi. J'aurais dû y penser plus tôt, que ça ne fonctionnait pas. Qu'il n'y a qu'au réveil après une nuit ensemble que les gens prennent leur petit-déjeuner face à face, si près de ma chambre, si près de nous allonger tous les deux nus l'un contre l'autre et de nous embrasser à ne plus savoir qui en avait le plus envie.

Mais je ne pensais à rien, et pas à ça en tout cas. Ça ne me déplaisait pas d'être avec toi un peu plus longtemps que d'habitude, je faisais confiance à ton sens poussé de ce qui se faisait et ne se faisait pas, à ta conscience professionnelle, et j'avais tout de suite repéré ton alliance, mon amour.

Nous avons parlé longtemps.

Je te trouvais pas mal, à bien y songer, mais pas vraiment mon genre ; cela n'en devint que plus littéraire. Je pensais que tu parlais beaucoup, et que très vite nous allions devoir imaginer autre chose, car les ressources de la conversation nous éloignaient à grands pas de notre sujet, sur lequel toutes les interrogations s'étaient à peu près taries. Je craignais par-dessus tout le silence gêné qui nous envahirait. Face à cette timidité, je ne pouvais lutter qu'à coups de barre à mine. Ça devenait épuisant. Je m'efforçais de trouver quelque chose à rajouter pour contrer l'impression étonnante que tu voulais rester avec moi ce matin-là. Je n'en étais pas tout à fait sûre.

À vrai dire, je doutais beaucoup de la pertinence de mes pressentiments. Peut-être depuis que l'on était venu me chercher d'urgence dans un studio d'étudiante. Il était sept heures du matin. Dans la voiture qui me ramenait chez mes parents, je me demandais pourquoi je n'avais pas été autorisée à rentrer seule, et pourquoi on ne m'avait pas donné les mêmes explications lors de deux appels téléphoniques successifs. Cela me semblait étrange, mais également suspect. Derrière ces dissimulations nulle volonté malveillante mais au contraire un excès de bonnes intentions, tellement visibles qu'elles en devenaient inquiétantes. Pourquoi tant de précautions, pourquoi emballer la réalité dans un amoncellement de couches de coton épais comme un vase en cristal de Baccarat – à moins qu'il ne s'agisse de visser un silencieux sur une arme à feu. Les minutes passèrent sans bruit dans la voiture, et l'angoisse aussi. Après tout, on a toujours un monde de justifications toutes prêtes pour réinventer ce qui ne convient pas. À l'arrivée chez moi, le bizarre reprit le dessus : tant de voitures garées, beaucoup trop, beaucoup plus que d'habitude... Mes yeux voient cela. Mes oreilles entendent une voix lente me dire il doit se passer quelque chose, que font là toutes ces voitures, cela n'est pas normal. Une machine s'ébranle, avale les événements, recrache un nouveau réel, et je réponds, imperturbable : mais non, tu t'inquiètes pour rien, ce sont les voitures des gens qui travaillent à côté, rien d'exceptionnel. La voix a beau insister, pointer un doigt maladroit mais évident sur les signes qui m'auraient permis, en temps banal, de relier entre eux les différents éléments et de parvenir à la seule conclusion possible, je n'entends pas qu'elle veut me prévenir. Elle va jusqu'à prononcer une phrase nette précisant : quelque chose de grave a dû arriver. Une autre que moi, quelqu'un qui n'aurait pas été en ce jour l'enfant de l'homme autour duquel s'agitait tout ce silence mystérieux, aurait sans doute compris tout de suite, dès le premier coup de fil ce matin-là, qu'il fallait se préparer à faire face. Simplement, je ne voulais pas. Rien en moi ne pouvait accepter cela, et je mis en œuvre toutes les ressources de la pensée pour infléchir la réalité dans le sens que je voulais qu'elle prenne. Je fuyais la vérité, comprends-tu mon amour ? Il n'y avait plus de connexions possibles entre les différentes informations que recevait mon cerveau, jusqu'au moment où je l'ai vu allongé, posé tout habillé sur le lit. Ce jour-là, j'ai cru, pendant les quelque quarante-cinq minutes que dura le trajet autoroutier, que je pouvais changer le monde et être plus forte que la mort. On se remet mal de ce genre de combat.

Tu t'es levé, je me suis levée. Je m'apprêtais à te dire au revoir. Il n'aurait pas fallu que nous commencions ce geste pour nous faire la bise mais les gens font ça dans le pays où nous vivons. Environ une fois sur cent mille les conséquences en sont calamiteuses. C'était pour nous. Dans la confusion, on esquisse un mouvement de la tête vers la droite, anticipant le fait que l'autre initie le même geste dans la direction opposée, c'est une erreur, la parfaite simultanéité des deux élans empêche de corriger le tir avant qu'il ne soit trop tard et l'on se retrouve nez à nez, la nuque oblique. Alors, invariablement, chacun redresse par réflexe la tête et la précipite du côté gauche, mais celui qu'on voulait fuir a fait de même et l'on se retrouve dans la même posture, symétriquement. La chorégraphie est superbe. Pour le reste c'est assez gênant. Dans le cas d'espèce, on devait se saluer avant que tu ne t'en ailles, on a fini couchés sur un matelas et tu n'es pas parti.

Sur le trottoir, à deux ou trois mètres de l'entrée de l'immeuble aux murs épais, un homme dormait dans le renfoncement du porche dissimulant l'atelier de réparation du garage voisin. Il était tôt encore. À sept heures, il se serait enfui.

J'avais ouvert la porte et ton visage sur le palier toujours m'en souviendrai, mon amour. Tu m'as souri, m'as regardée, m'as dit bonjour, tu avais les yeux fichés à l'intérieur des miens, j'ai pensé distinctement que j'avais envie de toi et j'ai bien eu l'impression d'un pressentiment de quelque chose, mais de quoi ?

Immédiatement, on s'est retrouvés chez moi, avant même le premier rendez-vous, avant même l'ébauche du début de quelque chose qui ressemblerait à une histoire, et tout de suite il y

27

eut cette ambiguïté monstrueuse entre nous, ce désir posé au milieu du séjour comme un bloc de granit qu'on devait contourner chaque fois qu'on échangeait trois mots. Il était lourd. Il était plus imposant que mon salon, que le petit couloir qui menait à la chambre, que la cuisine où je me réfugiais pour me donner une contenance. Ce désir, il envahissait tout, on parlait du prix du pain, de romans noirs, des élections présidentielles, de rien, mais il était là et nous écrasait de sa masse en laissant les phrases se heurter à leur propre miroir, non pas à ce qu'elles voulaient dire mais à qui et comment, et toutes se retournaient vers nous en susurrant je t'aime. Le piège était là, c'était fatal, on était tous les deux et il aurait fallu une volonté de fou dont je ne voyais pas l'utilité pour empêcher quoi que ce soit d'arriver ce matin-là.

Lorsque je t'ai rencontré je n'ai pas pensé à la haine ; je n'aurais dû penser qu'à une chose c'était m'enfuir, car entre toi et moi il y avait juste le vide d'un piège sans aucun camouflage par-dessus, et la question était qui va y tomber en premier.

Toujours se méfier des bourgeois, m'avait-on appris. J'avais oublié. Faut pas jouer aux riches. Je t'ai vu arriver, je n'ai pas esquivé. Tu étais du genre à aimer la jouer cool. Ceux-là sont les pires, ne m'avait-on pas dit. Ceux-là vous regardent comme si vous étiez des leurs, mais l'éducation et l'absence complète de douleur tatouée sur leur peau vous les font remonter illico à la surface pendant que vous plongez dans l'abîme avec un double chaînon d'acier enroulé autour du cœur. De toute façon tu étais marié, ça se voyait, tu portais ton alliance en or massif aussi discrète qu'une affiche électorale.

J'aurais dû écouter le bruit de ton cœur qui battait double, ça m'aurait évité des désagréments. Mais longtemps je n'ai pas su ce qui était écrit au-dessus des usines. On ne nous le disait pas, pour ne pas nous faire peur. On aurait dû nous le montrer, pour nous donner envie de partir, tout de suite, et surtout que rien ni personne ne nous fasse accroire que l'on était autre chose que des barbares, des sauvageons de hauts-fourneaux, de la racaille de laminoirs, et qu'il y avait quoi que ce soit pour nous à attendre là-bas, de cette terre-là et de ces métiers-là. Que rien ni personne ne tente jamais de nous convaincre que quelque chose comme l'amour pouvait balayer tout le reste, les souvenirs de l'usine, l'héritage des mains sales et des poumons troués des plus vieux plus usés. Ce n'était pas pour nous, l'amour. Bien sûr, on nous racontait le contraire, on nous abreuvait de mirages et d'oasis dans le désert, de jeunes filles gentilles qui épousaient des princes venus d'autres pays. Mensonges tout juste bons à faire patienter les féroces. Nos parents auraient pu nous renier, nous abandonner à la naissance, nous confier aux bonnes œuvres, ou à la fosse commune, mais ne pas nous laisser en héritage cette monstruosité des consignes, écrites par des hommes que nos pères n'ont pas tenté d'assassiner, des gens comme ton père, ton grand-père, tes sœurs ou bien tes frères. Les nôtres, ils se faisaient tuer à petit feu en crachant plèvre et poumons, et tu voudrais, toi, que je ne t'en veuille pas d'être venu à moi comme une possibilité de réconciliation...

J'aurais dû me dire tout de suite que si l'amour s'en mêle on prend ses jambes à son cou et on s'en va. J'aurais dû relire les vieux romans mais l'adultère était déjà démodé et je n'y ai pas cru. Le mot a disparu des dictionnaires pendant les quelque temps où nous étions amants. C'est plus tard, aujourd'hui, que cela me remonte aux joues. Tu avais des phrases alambiquées pour ne pas me dire que tu ne la quitterais pas et je n'y lisais, bien sûr, que les mots qu'il fallait pour ne pas gâcher mon bonheur rutilant. Tout est donc ma faute, mea maxima culpa, amor, mais aussi colère contre toi, à qui je ne peux demander autre chose que de ne plus te taire.

S'attendre au pire chaque fois qu'existe une probabilité de se croiser. Supporter encore que, vraisemblablement, tu choisisses l'option *Détournement systématique du regard* ou, le cas échéant, *Absence totale de tout signe de reconnaissance et/ou d'intérêt*. C'est une injure répétée, mais tu as sans doute raison. Les gens bien élevés ne font pas ça, entrer ainsi dans la vie, dans la maison, dans la famille des gens. Dans mes rêves, tu reviens souvent.

Il y a ce rythme doux de l'école qui scande mes journées. Je me réveille, l'appartement est sombre et silencieux. Le monde au repos ne trace pas encore la frontière insupportable entre ceux qui en sont et ceux qui lui courent après, chercheurs de travail, chercheurs de logements, chercheurs d'argent pour vivre, d'argent pour manger, d'argent pour les enfants, d'argent pour avoir le droit d'avoir des enfants sans que personne ne vienne vous contrôler, vous évaluer, vous flicailler. La pauvreté est la proie de toutes les inquisitions. La pauvreté est leur pâture à tous, les grands moralisateurs aux parquets luisants, les beaux discoureurs de réalité, les flamboyants du serrage de ceinture. Pendant qu'ils parlent sur radios, ondes, télévisions, fréquences hertziennes, je prépare le petit-déjeuner. Je vais réveiller doucement la petite fille ; elle sourit.

Son amour à la renverse et son regard d'absolue confiance. Je n'ai soudain plus d'angoisse, ni d'abandon ni de trahison. Je l'élève. Seule avec un enfant, doublement seule. Sans toi, sans son père. Je prépare un café que j'avale rapidement. Nous discutons toutes les deux. Je m'habille sans y faire attention, il y a longtemps que je ne fais plus vraiment attention à mes vêtements. Au début, je préservais les habits de l'an passé avec fierté. Maintenant, ils me rappellent trop le chemin parcouru, dans le mauvais sens, et puis, à quoi bon? M'en aimerait-elle davantage? Je pars avec elle. Elle porte son cartable, ses lunettes, et son babil m'accompagne sur le chemin de l'école. Après l'avoir embrassée et vue monter les escaliers qui trottent vers ses amis, je me retourne. J'ai envie de pleurer. Je marche vers la maison. Je n'ai pas retrouvé de travail après l'accouchement. J'ai beaucoup cherché, mais chaque fois la mécanique déraille au dernier moment. J'avais une telle soif de saisir ma chance, de ne pas laisser passer l'occasion, comme ils disent dans les magazines, de montrer qui j'étais, et puis? et puis rien. Le vide. Les occasions offertes étaient des planches pourries. Les avenirs envisagés, des miroirs aux alouettes. La réussite professionnelle me fuit. Chaque jour qui passe m'éloigne un peu plus de ce pied dans la porte qu'il faut glisser pour pouvoir la pousser, se faire enfin sa place au soleil, travailler, travailler, je ne pense plus qu'à ça, et à toi, mais dans les deux cas j'ai tout raté. Mes tentatives ont échoué. Les gestes répétitifs, je les faisais volontiers, pendant un mois on s'imagine que cela va prouver la disponibilité, l'envie d'en découdre, la persévérance, mais non, après les gestes répétitifs, il n'y a que la répétition des gestes, et l'avenir à six mois ressemble au premier mois. La tristesse regagne du terrain. Il y a dans la ville des affiches sur les murs, et des travaux dans la rue. Le bruit qui m'entoure me donne envie de planter ma tête dans la terre et de ne plus sortir. Je me hâte de retrouver mon sixième étage. Les souvenirs douloureux resurgissent. Les années difficiles. Dépression, anxiolytiques, antidépresseurs, psychothérapie. L'impossibilité de reprendre un travail quelconque, de toute manière, après la rechute. La honte d'avoir été malade m'empêchait de guérir, la peur de retomber m'interdisait simplement de tenter de recommencer. Un homme vient me voir, pour contrôler mes déclarations. Il discute avec moi dans un café. Veut vérifier que j'ai droit aux allocations auxquelles j'ai droit. Je ne lui oppose aucune résistance. Ne jamais opposer de résistance requiert une grande énergie.

Parfois, lorsqu'il est tard, me prend le souvenir. Ça monte, me déchire. Je m'échine à ne pas y penser, comme on fait mine de ne pas voir l'homme assis face à soi sur le trottoir d'une rue bondée. Il y a toujours tant d'autres choses à faire. J'ai coulé des tonnes de fonte sur ma douleur. Cela m'insupporte de la nommer ainsi, tant il y a loin entre la souffrance de celui qui n'a rien, qui a mal, qui hurle qu'on lui donne de l'aide, que son ventre ses bras ses yeux tout brûle, et la peine de celui ou de celle qui est privé de celui ou de celle avec qui il avait cru... Pourtant, cela ressemble à du mal, physique. L'arrachement est réel, c'est celui du manque, comme si l'on me privait d'air. Je peine à me passer de toi. Certes j'y parviens, je finis par y parvenir, mais je m'aperçois que ce n'est pas si simple. Si jamais un souvenir trop précis de ton visage-ton sourire-ta voix refait brutalement surface sans contrôle, je perds pied. Il ne m'est plus possible de faire semblant. C'est absurde. Pourquoi te raconter à quel point ton absence m'est difficile, à quel point cette séparation que je fais mine de supporter avec pâleur et indifférence n'a été qu'une plaie, vive toujours, qui obère ma vie. Tu refuses de me parler et m'empêches ainsi de vider mes larmes. Je ne veux pas faire de mal, pas à toi – mais il ne s'agit pas de toi, tu ne peux souffrir de cela – pas non plus aux tiens, à ceux que tu as choisis. Bien sûr, je n'aurais pas envie que tu exhibes mes suppliques, surtout pas – que se passerait-il, souffrance et remontrances, et ce ne serait pas à tort, car au juste pourquoi t'écrire si ce n'est dans le secret espoir qu'un jour... Mais cette misère de te retrancher derrière d'autres, cette horreur de tout lui dire. Si tu pouvais marcher sur mon cœur, je suis certaine que tu y mettrais l'entrain d'un défilé militaire. Tu lui prouverais à peu de frais que tu m'as sacrifiée à votre relation. Elle, la meilleure des protections contre mon amour, qui dès lors ne dévorera plus que moi. Je ne veux pas pleurer, alors je pense à ceux qui sont morts, ça m'apprendra – et de me dire qu'ils ne sont pas morts pour rien, puisque je suis là, et que je pleure, et que je mériterais des claques d'être si bête. Je veux tenir, la tête vide, oublier, ne plus penser, mais me reviennent en mémoire les mots fous que tu disais et que je n'avais pas demandés. Tu aurais pu ne pas, me laisser n'avoir souvenir que de gestes, car les paroles tuent plus que les mains ; nous aurions même pu vivre ce que nous avons eu sans cela, sans cet amour auquel j'ai cru car tu me l'as donné. De cela, mon amour, je t'en veux, car dans mes pleurs sur notre histoire il y a la tristesse du mensonge – m'as-tu menti ? – mêlée de la certitude que non, ce n'est pas possible, impossible que ça n'ait pas été. Alors, pourquoi aujourd'hui tant de froideur, tant de haine feinte pour moi, comme si tu cherchais à te protéger de moi qui ne veux/ne voudrais que ton amour, mon amour. Je t'aime comme à chacun des jours où nous nous le sommes dit. Il y a tant de passé et si peu d'oubli.

J'ai reçu ce matin les derniers papiers. La photocopie d'une liste tapée à la machine. Une série de noms, à côté de villes, de dates ; tout en haut, il est écrit :

Liste alphabétique
des compatriotes détenus.

Ça n'a l'air de rien, tu sais bien, ce terme de *compatriotes*, mais ça m'a fait pleurer. J'ai immédiatement pensé qu'il n'était pas vraiment français. Il vivait en France, il parlait français, c'est sans doute à ce titre qu'il avait été enregistré parmi les Français. À moins qu'il ne se soit déclaré comme tel parce qu'il ne voulait plus rien savoir de sa nationalité d'origine et du fascisme qui allait avec. Ou qu'il ait été considéré comme un réfugié politique antifasciste, lui qui était, avec ses frères, surveillé, espionné par les consulats d'Italie et finalement dénoncé à la Gestapo. Alors il a dit Français, parce que la France, c'était son pays d'accueil, son pays de travail. Sa seule forme de naturalisation sera ce témoignage anticipé de reconnaissance accordé par l'officier qui enregistrait l'identité des prisonniers libérés. Que le morceau de France où il habitait ait été annexé n'entrait pas en ligne de compte. Après son arrestation, il avait été successivement transféré à la prison de Metz, au camp du Struthof, à Dora-Buchenwald, pour finir là-bas, au nord. Les soldats qui l'interrogèrent ne lui demandèrent pas ses papiers. Il n'en avait pas. Il n'avait que le typhus. Certains disent que le camp fut ouvert trop tard par les Anglais, qu'on aurait pu éviter des morts, peut-être la sienne, mais que la peur des épidémies l'a emporté. Je sais pourquoi il est mort, ou plutôt au nom de quoi, mais je ne saurai pas quand ni comment. Sa tombe est le trou noir de notre histoire familiale. Si nous remontions chacun nos généalogies parallèles, la mienne buterait irrémédiablement sur cette date et ce lieu. Avant cela, de toutes les branches de ma famille, l'histoire semble commencer au moment de l'arrivée en France. Il m'est impossible d'en savoir beaucoup plus, d'explorer les générations précédentes. Quant à toi, peut-être y avait-il ton père ou ton grand-père parmi les soldats qui rassemblaient les identités défaites de tous ces prisonniers. Peut-être pas.

Mon grand-père existait sous mes yeux pour la première fois. À en avoir si souvent entendu parler, j'en arrivais à le considérer davantage comme un héros mythologique que comme un être réel. Il était le dieu caché qui nous avait tous sauvés par son sacrifice. Lorsque je m'aventurai sur le site internet consacré au camp, ce fut par curiosité que j'envoyai un message à l'adresse indiquée sous la rubrique *contacts*. Je me sentais honteuse, comme si je n'avais aucun droit sur cette histoire, trop grande pour moi. J'exposai son parcours et celui de ses deux frères en quelques lignes. J'envoyai le tout vers une adresse électronique finissant par .*de*, et n'évoquant pour moi qu'un nom terrible du nord de l'Allemagne. Croyant que ce message sombrerait dans le flot numérique des bouteilles à la mer oubliées, je le fis par devoir plus que par espoir. Le lendemain, je recevais une réponse. Il était étrange de recevoir un message venu de ce lieu de nulle part qui existait donc quelque part, qui était relié par un réseau informatique, électronique, au reste du monde, le mien, et qui servait de cordon ombilical entre la guerre il y a soixante ans et le temps présent. Un historien travaillant sur le camp m'y posait des questions précises sur les arrestations et les disparitions. Il reconstituait l'itinéraire des différents prisonniers. Il voulait des détails, notamment sur la date présumée de la mort. Je lui donnai ce que l'on m'avait transmis : le réseau de partisans, la dénonciation, l'arrestation au fond de la mine, la déportation, la libération du camp, le typhus, un ami qui l'enterre et qui écrit à ma grand-mère à son retour en France. Un nouvel e-mail demandait mon adresse postale pour m'envoyer des photocopies d'archives. Trois jours plus tard, dans l'enveloppe grand format, une liasse de feuilles tapées à la machine à écrire portant des séries de noms, des villes, des dates de naissance, des âges, le rapport d'un officier français. Son nom, le mien, était là, présent physiquement au milieu de la liste de beaucoup d'autres. C'était donc vrai. La réalité écrite, inscrite sur cette feuille, rejoignait mystérieusement les récits de mon enfance, leur apposait son sceau.

Il était vivant, il avait parlé, répondu aux questions des soldats anglais puis français. J'imagine un militaire en uniforme assis carnet en main près d'un homme allongé, ou derrière un bureau pendant que lui rassemble son énergie. Ses yeux sont ouverts. Il est malade comme un chien mais il donne les renseignements qu'on lui demande ; si jamais il ne s'en sort pas, quoi qu'il arrive il y aura cette trace ; sa femme, ses enfants auront quelque chose, son nom, là, sur une feuille. Une certitude historique comme héritage. Il aura existé puisqu'il est mort.

Comité français du camp de concentration
de Bergen-Belsen.
Le 19 avril 1945.

La trace avait mis soixante ans pour arriver jusqu'à moi. J'en tiens la copie parfaite entre mes mains. C'est le chaînon manquant d'une continuité physique entre mon grand-père et moi-même. Ces quelques feuillets tapés sur une machine que je m'imagine posée, dans toute sa modernité métallique, au milieu de ce camp hors du monde qui était déjà la mort. Les voici très exactement sur ma table. Sans quitter le champ de la grande histoire ils font un détour pour éclairer nos tragédies intimes, pour combler le manque, les lacunes, les cicatrices familiales. Cet indécent bureaucratique incarnait tout ce qui me permettait d'être sûre qu'il avait véritablement vécu, qu'il existait bien un jour et à une heure donnée, qu'il n'était pas le simple être de mémoire et de récit dont mon père narrait l'épopée. Il avait vécu, là-bas, avait vu mourir l'un de ses frères, perdu la trace du deuxième, était resté, avait presque survécu au pire, mais simplement presque.

Quelques jours d'avril 1945 me séparaient encore et à jamais de lui, mais j'avais enfin la certitude de son existence. J'en étais étrangement soulagée, alors même que je n'en avais jamais douté.

Il me fallut ensuite relire précautionneusement l'ensemble pour comprendre ce qui s'était passé. C'était une deuxième liasse qui indiquait cette fois :

Français et Françaises
Libérés à Bergen-Belsen

le 15 avril 1945, y vivant encore à la date du 20 avril 1945 et dont il ne reste actuellement aucune trace.

Prière à ceux qui pourraient fournir des renseignements sur le sort de ces déportés après le 20 avril 1945 d'écrire à la F.N.D.I.P. 10 rue Leroux PARIS 16ème service «BELSEN» ainsi qu'à la mission

militaire Française 618 MIL : GOV : DET :
qui continue les recherches.

Cette feuille n'était pas datée. Son nom, mon
nom, était au-dessous, orthographié de manière
aléatoire, mais indubitable. Entre ces deux liasses
de papiers, il y avait la frontière entre la vie et
la mort. Mes copies reçues sous enveloppe
Luftpost étaient la preuve de ce presque-à-
temps qui s'est refermé sur lui comme une
mâchoire, et sur toute la famille avec lui, après
lui. Quelques jours tout au plus, et il serait
rentré. Quelques jours à tenir pour lui qui déjà
avait tenu quatorze mois. Si peu. Mués en une
éternité pourtant. Ces quelques jours si près
de la liberté semblaient ajouter un surcroît à
l'injustice. Dans le rapport établi par l'officier
français qui rédigea la seconde liste, il est écrit :

10 000 déportés moururent encore à
Belsen après la libération du camp.

Il serait rentré. Il aurait vu ses quatre enfants.
Alors peut-être n'aurait-il plus ressenti, mon
père, le besoin d'aller chercher au fond de la
mine le souvenir du sien. Il aurait embrassé ma
tante : alors elle n'aurait pas passé des nuits

entières à imaginer le fantôme d'un homme en gris qui la suivait. Je ne serais pas l'enfant de toute cette tristesse, de toute cette absence à quoi les feuillets photocopiés semblaient donner tout à coup sens en leur apportant la confirmation de l'histoire. L'aurions-nous mieux domptée, la douleur, s'ils étaient de là-bas revenus. En fait, peut-être n'en aurait-il pas parlé, peut-être se serait-il muré dans un silence que nous n'aurions pas compris, nous qui n'aurions de toute façon pas compris.

Je n'ai malgré tout ni assez de force, ni de courage, ni de grandeur d'âme pour que ce malheur plus digne suffise à balayer d'un revers de manche le malheur de toi. Ce sont les mêmes larmes. Plus je pleure sur lui que je n'ai pas connu et plus je pleure sur toi que j'ai perdu. Au lieu de l'effacer, la douleur de cette histoire trop lourde pour moi, trop tragique pour ce siècle adolescent, me remonte à la gorge lorsque je vois ton visage, et en te pleurant je le pleure, en te pleurant je les pleure tous.

Longtemps je n'ai pas compris ce que signifiait profondément le gaz. J'imaginais l'horreur, les cris, je voyais la trace des griffures d'ongles sur les murs autour de la porte verrouillée. Les livres d'histoire disaient les mensonges envoyant à la douche, à la désinfection, les femmes, les vieillards, les enfants, ceux qui, parmi les prisonniers, avaient été « sélectionnés », mais le but profond, je ne l'identifiais pas. Au plus profond de moi, je n'avais pas saisi, intégré, ressenti, ce que cela voulait dire, la solution finale. Solution, ça veut dire résoudre, faire disparaître un *problème*. Mon grand-père était en camp de concentration, pas d'extermination, et ce que j'en connaissais, adolescente, me paraissait déjà l'ultime degré de l'horreur.

Au lycée, je savais qu'il était question d'une industrialisation du crime, de la possibilité de tuer en grande quantité et en très peu de temps. Mais je n'avais pas perçu l'épaisseur de la nuit et du brouillard. Ce fut la lecture d'un livre qui, d'un coup, me fit comprendre la différence. L'auteur avait vu descendre des trains et disparaître cent cinquante mille juifs et tziganes de Hongrie en une semaine. Il évoque regards, visages, sourires, tristesses, espoirs. Je laisse mon esprit errer dans la mémoire de ces camps où je ne suis jamais allée. *Nacht und Nebel.* Faire disparaître, tuer, mais, pire encore, faire comme si tous ces gens n'avaient jamais existé. Les priver de la vie, mais les priver aussi de leur propre mort et de la preuve même qu'ils avaient vécu.

Pas de corps, pas de souvenirs. Comment peut-on vivre aujourd'hui dans notre Europe avec tous ces morts qui nous regardent, tous ces absents, ces abîmes dans nos villes ? La nuit, je rêvais que j'errais dans les rues de Berlin, de Budapest, de Prague, de Varsovie en me demandant : où sont-ils ? Comment pouvons-nous passer dans ces rues sans penser à eux – comment pouvons-nous marcher, travailler, vivre comme si eux n'avaient pas été anéantis, ici. Leurs noms, où sont leurs noms ? J'ai besoin de leurs noms pour comprendre le mien. J'ai besoin de savoir leurs noms, leurs mots, où ils habitaient, l'âge qu'ils avaient, l'école qu'ils fréquentaient, j'ai besoin d'entendre leurs noms, sinon nous n'aurons jamais de repos, tout ce vide nous aspire, combien étaient-ils, qui étaient leurs parents, leurs enfants ? Jusqu'à leur langue qui a été rayée de la surface de la Terre. Ils ont réussi, les autres, ils ont réussi, nous avons oublié, et nous n'avons plus leurs mots pour nous souvenir. Peut-être, si l'on y consacre une minute, est-on happé pour toute sa vie, peut-être, et alors ? juste y songer un peu plus. Ne me suffit pas d'y accorder simplement le prix d'un accident terrible de l'histoire, l'apitoiement passager d'une eucharistie routinière.

Tout de suite après, ça a commencé, d'ailleurs. Il fallait, de toute urgence, sceller la réconciliation nationale, restaurer l'autorité de l'État, l'unité du pays, alors on n'a rien dit. On entasse nos cadavres dans nos placards et les portes craquent de partout, mais la maison est consolidée, il n'y a pas de responsabilité – ou si peu.

Ça craque de partout, les placards. Les morts nous tombent dessus ; et je me réveille la nuit pleine des cauchemars de nos pères, de nos grands-pères, pleine de l'injustice de voir souvent oubliées les victimes et honorés les indifférents. Me réveillant, ces images se défont comme des nuages s'effacent et s'effilochent en approchant des côtes. Elles se dissipent et tout ce qu'il me reste c'est l'absence de toi.

C'est que je t'ai aimé non pas malgré cela, mais pour cela. Pour tout ce que tu représentais et que je n'étais pas. J'ai voulu vivre à travers toi une existence, un milieu, une insouciance qui m'étaient inconnus. À toi seul tu étais Paris, l'âge adulte, et la joie possible. Je n'avais aucune place, tu m'en as donné une.

Il ne m'est pas indifférent, mon amour, que notre voyage raté ait été en Allemagne. J'explique : un homme rencontre une femme, ils ne sont pas mariés, ils font l'amour tout le temps. Du moins au début.

Un homme marié rencontre une femme qui ne l'est pas et très vite l'obsession devient : trouver une nuit à passer ensemble se réveiller côte à côte faire l'amour s'endormir et non pas truquer l'emploi du temps de la journée en répondant au téléphone entre deux caresses.

Nous devions donc partir ensemble.

Si possible loin, dans une ville où peu de gens seraient susceptibles de savoir que l'alliance n'était pas la nôtre, que les amoureux n'étaient pas légitimes ; loin des boulevards familiers cachant en embuscade des amis, des relations, immédiatement alertés par l'allure passionnée, charnelle, peu familiale, d'un couple dont l'alcôve est la rue.

Tu réservas des billets. À la réflexion, l'idée était étrange puisque, dans cette ville, tu avais vécu avec elle. Cela m'était royalement égal tant la certitude de ton amour m'enveloppait – non seulement tu n'étais pas inquiet de retrouver ces lieux, mais même avide de me les montrer, car c'était une artère de ton cœur. On aurait dit qu'à travers moi tu revivais une partie de ta jeunesse allemande, qu'en t'apprêtant à me faire découvrir ce pays, c'était en fait toi-même que tu promenais dans ton propre passé. Tu rendais aussi un hommage posthume à votre idylle matrimoniale, mais cette interprétation m'était bien sûr inacceptable. Comme si la vie pouvait être rejouée, tu voulais vivre une seconde fois le bonheur fou au pays du romantisme. La gamme des sentiments amoureux n'étant pas infinie, ni l'inventivité des attitudes pour en témoigner, nous reproduisons presque geste à geste les moments que nous avons connus avec d'autres, *avant*. L'impression de déjà-vu tantôt saute aux yeux de manière cruelle tantôt nous échappe complètement, dans l'euphorie de la rencontre. Dans notre cas, l'Allemagne ne fournissait pas simplement le prétexte facile d'amis à revoir pour une échappée de quatre ou cinq jours. Tu refusais de diviser en deux ta vie, ta femme et moi, et par la répétition des mêmes lieux on aurait dit que tu cherchais une réconciliation entre ta vie familiale et ta vie souterraine. Si l'amante et l'épouse se confondaient dans les mêmes souvenirs, c'est qu'elles n'étaient pas si différentes l'une de l'autre. Il n'y avait pas trahison mais cohérence. À travers moi tu la retrouvais, elle, et réciproquement.

Ce voyage, mon amour, nous ne le ferons pas.

Si je vais là-bas, c'est sans toi. Chercher des traces, encore, de ce que j'aurais pu être, et de la poussière. Suivre le chemin inverse de la grande enveloppe blanche posée sur mon bureau et de ses archives administratives. Notre amour franco-allemand, là-dedans, ç'aurait été pataud. On aurait peut-être dû viser Naples, l'Italie. Plus simples, les baisers, alors. Mais on a plongé dans le Rhin avec la Lorelei et on n'en est pas revenus.

Je ne comprends que partiellement comment notre histoire me poursuit. Tout cela n'est pourtant qu'une petite catastrophe au regard de l'humanité. Abreuvons-nous du monde, noyons-nous dans l'océan du chagrin, dans la douleur d'avoir perdu toute espérance. Il y aura là de quoi toucher le fond pour enfin donner au sol un coup de pied salvateur. Il y aura peut-être une foi, une lumière découverte, une rage réveillée, une haine salutaire. Un espoir, non, mais une tempête qui se lève, de l'air pur dans les poumons. Souhaitons-le, du moins.

Lorsque tu m'envoyas un message électronique portant copie des références des deux
billets, je bondis de joie. Je me moquais de
l'endroit où tu m'emmenais, j'aurais sans doute
été heureuse n'importe où avec toi, parce que
nous aurions été seuls, ensemble – suspendue
pendant quatre ou cinq jours d'affilée, la douloureuse alternance des présences-absences, quand
chaque moment avec toi portait le germe de ton
départ et du retour vers l'autre. Heureuse malgré
la certitude que, après ce voyage, tout recommen-
cerait comme avant, les rendez-vous, l'amour, les
mots, les départs, les mots encore, la voix,
l'absence, mais courte, car tu ne me laissais jamais
très longtemps sans nouvelles, sans un je t'aime
que révèle un morceau de papier accroché à mon
carrosse, sans un sms rapide avant la nuit sans toi,
les mots, valdingue des mots toujours, qui me

nourrissaient de toi pendant que tu retournais chez elle, chez vous, chez toi. Ton vrai chez-toi n'aura jamais été ailleurs que là-bas. Mais je me laissais aller à penser que c'était à mes bras que tu aspirais. Tu me disais que oui, et tu m'aimais, mais là où j'aurais dû faire attention à ce que tu ne disais pas, que tu allais partir, je n'écoutais dans tes discours que ce que j'y entendais. Je ne me supportais pas adultère, tu ne le disais pas. Pourtant qu'étais-je d'autre si ce n'est ta maîtresse fugace. Ça n'aurait pas été honteux, j'aurais même sans doute pu m'y faire, mais entre nous cela n'avait pas commencé comme cela. Nous n'avions pas choisi de butiner, libertins. Nous avions choisi les grands mots, l'amour, ou plutôt ça nous avait choisis. Tu débarquas un matin en déclarant avoir compris. Quoi ? je ne me le rappelle plus. Tu m'as dit salut mon amour, et j'ai pensé ça y est c'est reparti, je ne vais plus pouvoir m'accrocher à rien que le vent de ses mots, que vient-il faire là, avec son alliance et ses anniversaires de mariage, et ses deux mains envahissant ma taille et la serrant, serrant tellement fort que respirer je ne pouvais plus, et j'ai besoin d'air pour réfléchir. Ça m'a bloqué la pensée, tous ces sentiments, on ne m'avait pas appris. Entre nous, ça devait être la guerre, et pas les bonnes manières : je n'en connaissais pas. Puisque tu m'aimais, je ne souffrais pas, ce n'est qu'après. Je ne souffrais pas puisque si souvent tu étais là, tous les jours, or chaque moment ensemble il te fallait l'arracher à ta vie quotidienne avec d'Hercule la force, et du bel Ulysse la ruse. Chaque rencontre était une victoire que tu avais remportée sur ta vie ; un rapt permanent de liberté. Si les baisers volés sont les meilleurs, ce n'était pas pour autant la seule transgression qui en faisait le goût. J'avais la certitude qu'en plus du désir de s'embrasser, il avait fallu renouveler le risque, échafauder des plans, mettre en place des mensonges qui n'étaient pas honteux puisqu'ils étaient juste la preuve de ta détermination à m'aimer. La seule peur qui m'étreignait était que tu te lasses de ce funambulisme, mais, au contraire, chaque danger que tu bravais semblait donner davantage de valeur à ton amour pour moi. La tension permanente dans laquelle je vivais m'anesthésiait. La frénésie avec laquelle tu m'écrivais, utilisant tous les moyens de communication possibles, e-mails, textos, téléphone, et parfois, vers la fin, même des vraies lettres de papier, que je garde comme des reliques sans jamais oser les ouvrir, de peur que leur charme ne s'évapore à trop en abuser, toutes ces traces de toi dans ma vie tressaient autour de moi une nasse virtuelle que j'assimilais à l'amour, mais qui n'aura peut-être été que la réalisation, rendue possible par les succédanés techniques de la présence, de la possession d'une deuxième femme.

Avec ces outils modernes, ce n'était pas l'adultère qu'on inventait mais une manière plus oppressante encore de le vivre. Une ubiquité constante, réelle, lorsque, auparavant, elle n'était qu'imaginée. Avant, avant tout cela, tu serais redevenu un mari du soir jusqu'au matin, et moi une femme libre. Libre de m'enfermer, libre de te pleurer, libre de m'emprisonner moi-même sous le couvercle de mon attachement, ou tout le contraire, mais séparée de toi, par force. À l'opposé, chacun de tes messages, ravivant une flammèche de présence, faisait tomber une grille, inondait ma vie, me donnait la certitude que tu m'aimais bien qu'étant avec elle, plus encore étant avec elle. Chacune de ces incursions de toi dans ma vie sans toi ravivait la douleur et l'éteignait à la fois. Je n'existais plus que dans un au-delà de ma présence immédiate. C'était moi, mon être, mon identité qui glissaient dans chacun des porte-voix numériques dont nous abusions goulûment. Je me dissolvais dans cet amoncellement d'e-mails, mes yeux rivés à l'écran souriaient lorsque tu m'écrivais, je ne pensais plus qu'à te renvoyer un mot doux dès que je t'avais lu, puis j'imaginais ta réaction à la réception de mon message et je tremblais d'impatience jusqu'à ce que tu me répondes. Souvent l'immédiateté était de règle. Nous échangions du tac au tac des dizaines de messages courts et mécaniquement de plus en plus enfiévrés, qui rendaient plus mordant le désir de nous voir. Mon cœur posé sur le clavier était comme la peau sur la glace. Je ne vivais plus que par toi et tes apparitions. Je ne pouvais me passer de tes courriers, mais chacun de ces mots me persuadait un peu plus que cet amour était trop fort pour n'être que clandestin, et qu'un jour, au grand jour, tu prendrais la décision de.

Ça devait mal finir.

Tout cela semblait pourtant la preuve que pouvaient continuer sans fin, ou presque, l'envahissement de la technique dans le sentiment, la démultiplication des avatars technologiques de notre amour, qui en rendaient le profil si changeant, si charmant, toujours différent, exotique, magique, moderne, excitant ; un amour numérique qui préparait les sens à l'autre amour, physique, mais en était aussi une continuation fantasmée, projetait sur l'horizon des hologrammes où je ne voyais plus que toi. Partout où j'étais, je t'emportais. Je me souvenais, non plus seulement des endroits où tu m'avais tenu la main, mais aussi de ceux où j'avais reçu un message sur mon portable. Je me réveillais la nuit en manque de toi, j'allumais l'ordinateur et t'écrivais quelques lignes ; et si par hasard tu avais eu le même besoin, je voyais s'afficher les lettres colorées qui indiquaient, comme un augure, qu'il me restait de toi un courrier qui n'avait pas encore été lu. Signe que tu avais pensé à moi à cette heure dont les chiffres s'inscrivaient avec une précision de métronome. Signe que, quoi que tu fasses, tu ne m'oubliais pas.

J'étais partout avec toi, toi partout avec moi. Pourtant, tout cela était faux.

Tu étais à peine parti que je recevais un premier texto d'amour.

Je t'avais attribué une sonnerie particulière, et j'identifiais instantanément que c'était toi avant même d'avoir décroché. Les lettres de ton nom clignotaient fièrement. De toute cette technologie j'avais fait un messager amoureux. Ayant épuisé tous les secrets des notices, j'étais passée maîtresse dans l'art de la programmation des appareils numériques dans le seul but de faciliter nos communications, d'en archiver l'historique, et de t'aider à en effacer toute trace. Il semblait évident que courriers électroniques, portables et sms n'avaient été créés que pour nous, pour donner à l'explosion de joie de mon cœur dans ma poitrine des visages et des musiques toujours différents. Toi. L'identité de mon amour enfin trouvé, elle s'incarnait aussi bien dans ton corps dans tes bras dans ta bouche sur lesquels je me précipitais à chacune de nos rencontres, que dans les quelques lettres numériques s'affichant sur mon téléphone portable lorsque tu m'appelais. L'écran de mon ordinateur n'avait jamais été conçu pour autre chose que pour me donner à voir ton nom et ton prénom en haut de la fenêtre de messagerie, en gras, avec une date et une heure toujours nouvelles, toujours maintenant, comme une preuve matérielle et tellement moderne de la réalité de ce que j'étais en train de vivre. L'amour. De même que l'écriture d'une lettre sur un ordinateur lui donne une solennité qui en rend la lecture, pour son auteur même, plus distanciée et le jugement plus sûr, par l'impression illusoire qu'elle a déjà traversé un premier filtre, et par le sentiment inconscient qu'elle a endossé en elle-même toute la magie de la technique ; de même lorsque je lisais je t'aime écrit par quelqu'un que l'écran me disait être toi avec la précision d'une carte d'identité électronique, j'accordais à cette déclaration encore plus de crédit que lorsque tu le soufflais à mon oreille en m'embrassant. Il prenait tous les visages de la modernité, notre amour. Je lisais ton nom ton prénom, et je recommençais cent fois, c'était bien ton nom ton prénom, la sonnerie japonisante que je t'avais attribuée et le cœur clignotant en cris-

taux liquides qui l'accompagnait, toutes ces identités multipliées qui n'appartenaient qu'à toi,
ou plutôt qu'à nous. Car je savais que tu étais
plus complexe, que ta vie s'écoulait ailleurs, en
d'autres moments qui m'étaient interdits, mais
ces signes tangibles et matériels ne s'adressaient
qu'à moi et n'existaient que pour nous. Il n'y
avait qu'un seul canal entre ton ordinateur et le
mien, entre ton téléphone mobile et le mien, et il y
avait toujours, forcément, toi et moi de part et
d'autre.

Le soir, tu m'appelais de ta chambre, chez
vous, souvent.

Amoureuse de toi je me sentais différente.
Comme si en moi avaient eu lieu des modifications invisibles à l'œil nu pour ceux qui me
connaissaient, et pourtant essentielles. Comme
une faille qui se creuserait entre deux plaques
continentales, et défigurerait durablement le
fond des océans, les changements sismiques
dans une vie passent parfois inaperçus de ceux
qui nous aiment le plus. Ma tristesse lorsque tu
partis était aussi douloureuse que muette, une
fois les larmes et les cris passés et les appels
intempestifs au secours. À moins que je n'aie
oublié ceux des épisodes les plus honteux pour
l'amour-propre, ce qui expliquerait mon incapacité à établir précisément une date pour une

dernière rencontre, une dernière parole, qui me donnerait l'explication après laquelle je cours. Tu ne me diras pas ta vérité des faits. Tu ne rétabliras pas la chronologie ni les omissions. Je me charge d'une reconstitution dont je suis à la fois témoin, principale accusée et seule juge. Je ne me rappelle plus au juste comment a fini notre histoire. Quelle est la dernière fois que nous nous sommes vus, je veux dire, en nous aimant. C'est sans doute la raison pour laquelle ton départ n'a pas été visible auprès de ceux de mes amis à qui j'avais caché ton arrivée. Ils ont cru à une tristesse, peut-être simplement à un chagrin sentimental passager. Ils n'ont pas évalué l'étendue des dégâts souterrains. Les replis du cerveau laminés par le doute. Les questions en boucle, obsessionnelles, sur ce qu'il aurait fallu faire, dire, être. La répétition des scènes, *ad nauseam*, se rappeler toi, me prenant la main et la serrant, marchant à côté de moi ta main sur ma taille, m'appelant au téléphone que tu m'aimais comme un fou. Toi sous moi, dans une chambre volée, ta tête entre mes cuisses et ta langue glissant en moi, lapant ma vulve, accélérant ton rythme avec l'expérience de tes années passées, mais peut-être était-ce déjà un adieu, tant pis, il était bon, tu me léchais et je fondais longuement dans ta bouche, la honte d'imaginer ton visage devant mon sexe disparaissait, la fougue que tu mettais à m'embrasser avait fait tomber d'un coup mes réticences, j'écartais davantage encore mes jambes pour que tu puisses en moi t'enfoncer plus avant, me dévorer l'intérieur des cuisses, les embrasser, promener ta langue à la jointure de mes fesses, la faire glisser vers les lèvres, et m'embrasser aussi profondément que si mon sexe avait été ma bouche pour te répondre. Plus ta langue excitait mon clitoris, dont je ne savais plus s'il était encore caché à l'intérieur de mes lèvres tant il me brûlait, plus l'impression que cela te plaisait faisait s'évanouir mes hésitations et toute timidité. À force de ne plus me demander si tu aimais vraiment, toi aussi, je découvris ce que voulait dire s'abandonner. La métaphore s'estompa, mon souffle se relâcha, les cris montèrent dans ma poitrine sans que je comprenne réellement s'ils venaient bien de moi tant leur son résonnait méconnaissable à mes oreilles. Tous mes sens étaient attentifs à l'envahissement progressif de mon corps par une bouffée qui emplissait la moindre de mes cellules nerveuses, ébranlait la plus petite molécule physiologique, jusqu'à ce que chacune occupe le maximum d'espace auquel elle pouvait prétendre, et ainsi dans la plus absolue plénitude, je m'abandonnais à toi, je voulais que tu me pénètres, tu me pénétrais, et j'avais l'impression de ne plus reconnaître mon corps du tien.

J'ai besoin de ne pas te perdre, mon amour. Tout en toi me manque, tout me rappelle à toi.

J'aurais pu tenter de vivre joyeusement notre histoire d'adultère. Beaucoup y seraient parvenus, dit-on. Tu partais et je t'écrivais. Je noircissais des pages comme si elles étaient ton absence. Je remplaçais l'amant par la littérature. J'écrivais pour toi, sur toi, tout allait vite, tout était simple. Il fallait que je me plonge dans les phrases en une apnée de la pensée qui me retenait hors du manque. Alors ça allait, j'oubliais où tu étais et avec qui, et que c'était sans moi. Mes cahiers se remplissaient sur l'écran informatique, je recréais un être à ton image, j'explorais les replis de notre amour, ses non-dits. Le clic de la souris, et je te les faisais lire. Ça ne pouvait pas durer, mon amour. On ne vit pas de poésie. Sous perfusion émotionnelle, le manque se déversait dans les mots ; les questions, les angoisses, les obsessions s'évaporaient dans l'imaginaire qui les enveloppait, adoucissant leurs coins les plus saillants, polissant leur surface. J'aurais dû plus écrire, j'aurais moins souffert. Je n'aurais plus attendu que tu fasses ce que tu ne voulais pas faire, ce que personne, sans doute, n'aurait fait à ta place. Cela m'était alors impossible. Savoir être détaché tout en restant aimant. La science de ne pas trop en faire ne s'apprend qu'à notre insu, à coups de renoncements successifs, et je manquais de bouteille. Je m'infligeais des casse-tête : ne pas détruire la fantasmagorie amoureuse, qui vous surprend et vous entraîne sans possibilité ni même désir de résister, mais se débarrasser des tourments de l'amour. Exercice d'équilibriste. Jusque-là, pas d'amour sans souffrance, d'amour sans manque, d'amour sans tyrannie de l'amour, ça devait tout envahir, et surtout mon temps, à défaut de l'espace. Commencer à circonscrire la douleur, ç'aurait été renoncer à t'aimer. Le moindre coup de griffe dans la belle surface épaisse de la peinture suffisait à faire tomber tout le tableau en poussière – je ne voulais pas te perdre. J'ai lutté contre le manque pour ne pas te le dire, et j'ai lutté contre moi-même pour ne pas perdre l'illusion de t'aimer. Je pense avoir réussi.

Jusqu'au soir où, chez moi, j'ai été incapable de t'écrire.

Le jour approchait où nous allions partir. En avion, ensemble et seuls pendant quatre jours, peut-être cinq, une éternité de bonheur. En tout cas cela y ressemblait. Plus la perspective en devenait palpable, plus j'anticipais cette joie qui m'apparaissait inaccessible : être avec toi, toute une journée toute une nuit, et recommencer le lendemain. Tu m'envoyas un message où tu disais ta main ne quittera plus la mienne. Simultanément, avec la proximité de la date du départ, s'avançait à grands pas celle du retour. Après des journées entières et lisses, comment se séparer de nouveau pour laisser recommencer la routine schizophrène ? J'avais une peur bleue du retour à Roissy en avion, de pleurer toutes les larmes de mon corps en imaginant que dans deux heures, dans une heure, dans dix minutes, ça y est, la belle aventure est close, et me voici de nouveau seule. Je rentre chez moi et c'est le lent déroulement du corridor blanc jusqu'à mon lit où tu n'es pas. Tout était organisé et pourtant tout échoua. Tout était miraculeux, et la grâce ne s'éternisait pas. Je préférais y mettre un terme. Il avait fallu tant de conjonctions de hasards si différents pour que ce voyage fût possible qu'il en devenait insupportable. On ne pourrait pas déplacer les montagnes si souvent, cela nous épuiserait. J'étais vidée par avance du plaisir que j'y aurais pris, siphonnée par l'angoisse qu'il soit trop rapidement fini. Le souvenir de moments de bonheur au creux d'un lit de vacances serait rattrapé par la pluie de Paris. Il n'y en aurait plus d'autres. Avant même de partir, je te détestais de devoir revenir, te détestais de nous contraindre au voyage, à ce romantisme faux, à nous inventer des fuites pour dissimuler la tienne, la vraie, la profonde, celle qui ferait que jamais autrement qu'ailleurs nous ne nous en irions. Me resterait la certitude qu'on aurait été follement heureux ensemble – car nous l'aurions été, forcément, dans la clandestinité d'un exil éphémère. Le besoin me tenaillerait de renouveler sans cesse le goût des quatre jours, cinq peut-être, et toi, tu résisterais. Il y aurait l'amertume et aussi la rancœur que tu ne te décides pas à rendre ce miracle permanent. Quel temps faut-il employer pour un futur conditionnel dans un passé qui n'a pas eu lieu ? quel temps pour tous mes rêves berlinois échoués avant la digue par désespoir anticipé ? Je ne voulais pas de rêves, simplement vivre, du moins je le croyais. Je suis toujours là aujourd'hui et pourtant sans toi, preuve que l'amour n'est pas l'oxygène. Cela n'ôte rien à la tristesse.

Pendant des nuits, après ton départ, j'ai rêvé de toi. Tu vivais dans une immense maison avec ta famille, et tu m'y cachais, clandestine ; j'errais malheureuse, perdue, engourdie de jalousie. Des lits de bois lourds enchantaient toutes les pièces, et les commodes débordaient de voiles doux. Tu n'étais nulle part et partout. Je te savais là mais ne te trouvais pas. Je te cherchais derrière chaque rideau, et je tremblais d'être surprise. Le labyrinthe m'entraînait dans le jardin immense où des enfants, des amis, riaient. C'était ta vie, ton bonheur et je n'avais rien à y faire. Je criais ton nom dans le vide, avec la terreur d'être découverte pour écho. Désormais ton visage ne poursuit qu'épisodiquement mon sommeil, comme pour me prouver, au cas où l'assurance nouvelle me l'ait fait oublier, que ta patte d'ours est allée chercher loin dans ma poitrine. Même si la peau est refermée,

cicatrisée depuis longtemps, si rien n'est perceptible à l'œil, sauf peut-être au tien, l'inconscient a
gardé la mémoire de ton passage, alors que le
corps a égaré le souvenir des baisers et du reste.

Peu avant de te rencontrer, étrangement, il y eut un moment de grande détresse. Un effondrement intérieur. Cette blessure par anticipation m'a évitée de me casser en deux à ton départ. L'histoire avait été écrite à l'envers et commençait par la fin. Je n'arrivais plus à vivre. Embarquée dans une aventure qui n'était pas la mienne, incapable de prendre une décision qui m'aurait arrachée à la tristesse, mon cerveau ressassait à l'infini les mêmes interrogations sans réponse. L'angoisse empêchait le sommeil de me sortir de la ronde des mêmes images, des mêmes doutes, des mêmes phrases. Je voulais comprendre, je répétais vouloir juste comprendre, mais je ne le pouvais plus. L'obsession appelait le halètement du temps, je m'entêtais à retisser le fil d'un récit impossible, à comparer les versions, à défaire les mensonges, à démêler le vrai du faux. Je n'avais qu'une hâte : que les journées passent et me rapprochent du moment où enfin la chimie commencerait à faire effet. On m'avait promis une semaine. Une semaine au plus près de l'arrachement de moi-même. Je vivais dans une fébrilité permanente. Prenant mon élan à chaque seconde pour la franchir. Seul le présent existait. Même la petite fille ne parvenait pas à m'empêcher de pleurer sans cesse. Je notais des raisonnements en boucle, je voulais savoir pourquoi, comment, on m'avait menti. J'enquêtais, j'investiguais, téléphonais, ne téléphonais pas, élaborais des scénarios, me laissais pour finir toujours déborder par la réalité. Le trop-plein de souffrances m'attachait comme menottée à un radiateur, pour m'en séparer il fallait d'abord qu'elles arrêtent de faire mal, que les coups soient effacés par qui les avait portés, qu'on me rassure : je n'avais pas été abandonnée sur le seuil d'une porte, d'ailleurs il n'y avait plus de porte. Ce qui me restait de dignité se retournait contre ma dignité : je réclamais des comptes, et tant qu'ils ne seraient pas rendus je préférais continuer de m'enfermer pour accumuler des preuves plutôt que m'enfuir. La dépression était un refuge de fortune, insupportable sans le filtre somnoleux de la médecine. Renoncer aux grands principes et accepter l'aide, le soin, le traitement. Renoncer à une certaine idée de sa propre fierté, s'apercevoir qu'elle n'était qu'un leurre utilisé contre vous pour vous piéger, accepter la douleur et la fragilité, accepter la faiblesse. J'étais passée près de la catastrophe. Je m'étais brûlée, et je ne tendais plus la main vers la plaque rougissante.

C'est donc après cela, une première crise dépressive, puis une rechute quatre mois plus tard, que je t'ai rencontré. Seuls quelques mois ayant séparé la grande peine et le grand amour, j'en éprouvais jusqu'à une forme de gratitude.

Le soulèvement des strates géologiques internes fait émerger des striures, des plissures et des failles au milieu des roches ; l'un de ces abîmes se transforma en puits d'eau fraîche pour t'y voir apparaître.

Les bribes de ce que tu me disais de toi sont floues désormais ; je ne me souviens plus de ce que j'ai su de ta vie ; les phrases annonciatrices du désastre, je les chasse, celles qui te rendraient moins aimable, même si ce n'est plus que dans mon souvenir, je m'en débarrasse aussitôt. Mon esprit fait cela seul, je ne lui commande en rien, j'assiste, médusée, intéressée aussi, à l'étrange phénomène d'un amour passé qui persiste, même quand toute histoire est abandonnée.

Je me rappelle tes yeux, mon amour, ton

regard, tes mains, et la confiance entière que j'avais en toi. J'ai le sentiment d'avoir connu ce que c'est qu'aimer ; peut-être était-ce nécessaire pour continuer à vivre.

Penser à notre rencontre m'évoque immanquablement la mort de mon père. Alors qu'il me semblait de la nature des hommes de m'abandonner, je ne lui en veux plus désormais. Je sais que tu m'as aimée ; je sais qu'il aurait voulu vivre davantage. Que je ne suis pour rien dans sa disparition et pour si peu dans la tienne. Que ce n'est pas ma faute, c'est la vie qui vous arrache, papillon, les ailes et vous jette au milieu du chemin en plein été avec le vacarme des passants tout autour et les bousculades. On rampe jusqu'aux bas-côtés pour se mettre à l'abri. On repart cahin-caha. Il m'a tellement manqué que j'ai cru un moment ne jamais pouvoir être heureuse. J'étais éminemment coupable. Et tu es arrivé. Tu m'as saisie sous ton bras, enroulée à l'intérieur avec ta tête posée sur mon épaule. J'étais là aussi, je t'ai saisi sous mon bras, enroulé à l'intérieur avec ma tête posée sur ton épaule. Après tout, tu n'auras pas laissé le temps à mon amour de décroître. Repensant à toi, je me figure toujours de la brume dans ton regard. Je tente de faire fondre les cristaux de glace qui figent ton visage à l'intérieur de ma mémoire, ayant accepté de ne plus t'aimer depuis : une partie de moi me souffle que je me serais lassée de ce faux chevalier, que le courage n'a pas toujours été ta principale qualité, qu'un jour tu m'avais déclaré être un vrai con et que peut-être c'était vrai… tu n'es plus non plus si beau, tes yeux ne me noient plus d'amour depuis que tu fais semblant de ne pas me voir, et ta maigreur a cessé de m'émouvoir car elle te fait les fesses décidément trop plates. C'est l'âge qui avance, mon amour. Et la cruauté me console. Mais il y avait une dimension de sensibilité que je n'avais pas expérimentée avant nous, et celle-là, je ne la dois qu'à toi.

Nous avons échappé au désastre un soir dans un café du port, où je t'ai demandé pour la première fois comment se passaient tes relations avec ta femme, *avant notre rencontre*. Il y eut une gêne dans ton regard et dans ta voix. Tu bredouillas quelque chose comme nous n'étions pas sur la pente qui mène à la séparation, me parlas de son chômage, de tensions qui s'étaient installées entre vous, ç'avait été difficile, entraîné des brouilles, et puis avec les enfants la petite entreprise familiale était lourde à gérer. Mais tu avais utilisé l'imparfait, c'était que quelque chose avait changé depuis – comme pour moi c'était l'évidence, nous serions donc ensemble. Naïveté touchante.

Combien de temps cela pouvait-il durer ? Je n'en saurais jamais rien. Ta liberté me surprenait souvent, tes scrupules aussi, trop tard. Il y a dans

l'affectation de certains bons bourgeois à s'enca-
nailler une toute bête vulgarité désolante. Qu'ils
veuillent faire peuple ou affirmer une liberté dans
leur rapport au corps qu'ils n'ont pas dans leur
rapport à l'argent, une manière de sans-gêne avec
le corps d'autrui. J'étais pudibonde et gênée, mais
tu avais conservé des traces de pudeur qui me bouleversaient, même lorsque tu me racontais les
amours libres des années soixante-dix, et ta découverte des rendez-vous aveugles avec des inconnues
rencontrées – sans que je comprenne comment,
moi pour qui le Minitel était préhistorique – sur la
boîte vocale de l'horloge parlante. Je plongeais
dans un monde plus éloigné de moi que la Chine.
Toutes ces années, tous ces moments, t'avaient
mené jusqu'à moi, et le bonheur que nous avions
entre les bras me semblait si magnifiquement
simple, limpide. J'aurais dû penser, bien sûr, que
trop d'évidence est suspecte, mais encore aujour-
d'hui je ne parviens pas à regretter une seule de ces
secondes, même celles si précoces où tu t'éloignais
déjà. Tu étais là, devant moi, et il y avait bien un
amour comme je me le croyais interdit ; ce n'était
pas toi, pas moi, c'était la vie qui nous séparait, les
choix, l'âge, tes responsabilités, ta famille, tout ce
que tu ne voulais pas quitter, je comprenais pourquoi. C'est sans doute mieux comme ça, sans
conteste, que tu sois resté. Le génie que tu y as mis

prouve que tu as eu raison. Je m'en veux même d'avoir tenté de te persuader du contraire. Après tout, l'essentiel est que l'absence n'ait rien changé à certaines de mes certitudes.

Tes départs et tes retours me bouleversaient. Cela n'aurait sans doute pas été aussi compliqué si je n'avais été une terrifiée de la séparation, depuis qu'un soir de septembre quinze ans auparavant j'avais pris une voiture pour quitter l'appartement et n'étais jamais revenue. La maison était là mais ne protégeait plus rien, la grande statue de commandeur était à terre. La mort avait changé le cours du monde, le sens des rivières, la charge émotionnelle des mots. Ce fut la disparition, en une journée, de tout ce qu'avaient été les vingt premières années de ma vie. J'avais pris cette voiture et j'étais partie en cours, ne me doutant de rien, avec l'arrogance de l'habitude, et le lendemain il n'y avait plus d'enfance. Le lendemain, lorsque je revins, m'attendaient des regards anxieux et des paroles muettes, bloquées dans la gorge. On me regardait avec pitié pour la première fois. Je n'avais plus rien. J'imagine que pour certains cela se fait peu à peu, qu'au fil des ans ils apprennent à découdre les fils de coton bleu ou rose, qu'ils gardent le sourire et la bienveillance, et le soutien, qu'ils en profitent pour grandir encore un peu ; qu'ils appellent et qu'on les appelle, ou bien qu'ils n'appellent jamais et fassent mine d'oublier, ils ont quelque part au monde cela qui les attend. Moi, j'en étais privée d'un coup. Je ne comprenais pas, je ne pleurais même pas, au début, c'en était étonnant. Une forme de tétanie m'empêchait de hurler. J'étais pétrifiée devant la tombe.

Je n'étais pas préparée et je réagis de manière désordonnée à un événement jamais envisagé.

On m'appela le mardi matin. Il était très tôt. Trop tôt pour un appel normal. Il y avait eu un problème, il fallait que je rentre chez moi. Je déclare logiquement que je prends la voiture. Non, me dit-on, première étrangeté : quelqu'un va venir te chercher. L'erreur résidait dans ce que l'on partait du principe que j'étais trop perturbée pour rentrer chez moi seule alors que personne ne m'avait dit par quoi je devais l'être. Au lieu d'une demi-heure, ce fut plus d'une heure d'attente. Deuxième étrangeté : je n'étais pas soucieuse. J'aurais dû être inquiète que l'on m'interdise de prendre la voiture seule. Ainsi, on considérait que j'étais troublée par l'effet d'une cause que l'on voulait me cacher. C'était donc que l'on anticipait que je la devinerais, par le simple fait que l'on fasse mine de la dissimuler. Or, tout ce que j'entendais, c'est que l'on ne m'avait rien dit, au juste. Rien de précis dans mon souvenir. Bien sûr, je voudrais réentendre les paroles prononcées qui ont fait que je n'ai pas compris. Pas pour sourdre une rancune, non, simplement pour être certaine qu'il était possible que je ne comprenne pas. Donc commencer par retrouver les mots exacts. On m'a parlé d'un problème, une embolie, je crois. Il me semble que ce mot a été articulé à ce moment-là, ainsi que le mot cerveau. Quelque chose au cerveau. Je crois aussi qu'une phrase fut prononcée disant les pompiers étaient là, et qu'ils s'en occupaient. De cela je tirais les aspects rassurants : pompiers, choses en main, transport à l'hôpital, médecins qui soigneraient. Après tout, le plus dur, l'opération, était passée.

Néanmoins à travers ces formules embrouillées, mon cerveau distinguait des incohérences et la trace de l'anormalité. Je reniflais du louche comme un chien sent la peur. Troisième erreur : l'appel de celui qui viendrait me chercher, il m'annonce un problème aux poumons, de cela je suis certaine. Lui-même arrive pour me ramener à la maison. Deux mots se heurtent qui sont contradictoires : on m'avait parlé de cerveau et maintenant ce sont les poumons. Je n'en déduis toujours pas la conséquence implicite. Pourtant la démonstration est sans appel : réponse exceptionnelle = venir me chercher alors que je pourrais prendre moi-même la voiture ; incohérence des deux versions présentées par deux membres de ma famille à quelques minutes d'intervalle ; tonalité des appels et horaires précoces. Un manque aussi : aucune nouvelle de ma mère. Pourquoi ne me parle-t-elle pas ? Dans cette situation, les hommes ont voulu prendre les choses en main, faire les hommes comme ils font toujours, et ç'a été un désastre.

Une partie de moi-même a interprété les signes qui traduisent le surgissement de la tragédie dans la vie, l'un de ces vertiges que l'on garde enfouis dans l'inconscient, quoi qu'on vive par ailleurs. On sait désormais que parfois tout s'effondre au cours d'une journée où pourtant le soleil s'était levé comme les jours précédents, où pourtant les minutes ont défilé au même rythme apparent, mais où l'on a perçu quelque chose de l'humanité à la force d'un coup de massue.

J'avais un trou béant à la place du cœur ; et mon cerveau ramait pour ne pas comprendre. J'ai commencé à faire le ménage. J'ai nettoyé l'unique pièce : passé l'aspirateur, rangé les habits, dépoussiéré les livres, la bibliothèque, mon bureau, l'étagère sur laquelle j'avais posé un bégonia. J'ai briqué la cuisine et la salle de bains. Je frottais pour m'enivrer, pour ne penser à rien – on peut s'enivrer de n'importe quoi, y compris de ménage –, pour effacer la moindre trace de salissure, pour que tout soit nickel, brillant, reluisant, neuf pour ainsi dire, pour effacer toute trace de vie passée, pour rendre aux objets l'illusion d'une renaissance, d'un recommence-à-zéro. J'ai fait les carreaux des fenêtres, pour laisser la lumière du jour entrer plus pleinement à l'intérieur de la pièce, comme si elle allait tout vitrifier à la chaleur du soleil. Rien ne bougerait plus. On en resterait là. Le temps s'arrêterait. Je ne voulais jamais savoir.

Je suis montée dans la voiture. Cinquante-cinq kilomètres nous avons roulé côté à côte, nous avons parlé, peu, je le trouvais bizarre, gêné, inquiet. J'étais confiante. Les pompiers, les médecins s'occuperaient de tout. Ce n'était pas la première alerte. Trois mois auparavant – trois mois, ce n'est rien, je n'avais pas oublié – j'avais été réveillée en pleine nuit par le gyrophare d'un camion rouge de dessin animé qui l'emportait dans la nuit après ce que je découvrirais – plus tard, bien plus tard – être un malaise cardiaque. Ce n'était pas la première fois et il s'en était toujours tiré. Le cancer vaincu rendait invulnérable. Cela s'arrangerait. Comme toujours. Mais rien ne s'arrangea. Il n'y avait plus rien à arranger. Sauf que je ne le savais toujours pas. Eux, oui.

Pensant aux premiers moments que nous avons passés ensemble, étendus côte à côte, j'ai surtout le souvenir de toi causant et discutant dans la gaieté. On se connaissait depuis toujours. Cela ne disparut pas totalement. Tu avais, après la révélation faite à ta femme, une attitude étrange, ambiguë, de tendresse et de complicité mêlées, avec parfois de la retenue et des éclairs froids comme la glace. Tu me fuyais déjà et cette disparition me paniquait. Je ne voulais pas te perdre. Si cela pouvait signifier quelque chose, je serais désolée d'être venue chez toi. Sans doute depuis bien longtemps m'as-tu tout pardonné. J'ai quasiment forcé ta porte pour que tu me laisses entrer. Je ne sais pas de quelle porte il s'agissait pour moi. De quel nouvel abandon je refusais d'être témoin. J'assistai médusée au spectacle de moi-même perdant mon bel amour, et je n'y croyais pas.

Les yeux posent problème. Ils en disent toujours trop. Ils furent les messagers de mes tragédies personnelles, les porteurs d'émotion, tandis que les paroles, les gens et la raison se dérobaient. On peut truquer ses propres raisonnements, se persuader qu'on ne ressent rien, assister à son propre viol et se persuader que ce n'est pas soi-même – les femmes savent cela. Mais alors on ferme les yeux, sinon les images se gravent. Les images s'impriment à l'intérieur de la mémoire et passent directement de l'iris au péricarde. La vue m'a tout appris, jusqu'au trop-plein qui déborde des pupilles. Le voir mort, je l'aurais pu si j'avais compris avant. Peut-être si on me l'avait dit. Alors je me serais préparée, j'aurais fait en sorte que mes yeux ne s'attardent pas sur les détails qui fixent tout à coup l'obsession : les chaussures noires, cirées, au bout du lit, que je vis apparaître en premier, puis le pantalon, la veste, la position du corps, étrangement solennelle, mains à plat sur la poitrine. Les yeux, les siens, étaient fermés, déjà.

Je ne me rappelle plus la suite, mon amour, si ce n'est que son oreille était bleue, et que j'aurais voulu la réchauffer à force de lui hurler dedans qu'il revienne.

Ses cheveux étaient gris, noirs et blancs donc gris, comme les tiens, on en coupa une grosse mèche, et je me disais, mais comment peut-on faire cela, on le traite déjà comme une chose, sans volonté, sans autonomie, on fait de lui ce que l'on veut, on lui coupe les cheveux, je lui touche l'oreille, on l'habille, on l'observe, les gens sont dans sa chambre, et il ne dit plus rien. À l'hôpital, ça avait commencé, un avant-goût de la mort, ils lui avaient arraché une ou deux dents, je ne me rappelle plus, sans prévenir. Il était revenu en fin d'après-midi abasourdi. Ils ne m'ont même pas demandé mon avis. Lui couper une mèche de cheveux, ça ne semblait plus si grave, comparé à cela. On le dépouillait, le roi de mon enfance, et je ne pouvais rien y faire. C'était le monde des adultes, des convenances et des traditions, qui ordonnançait tout désormais ; je n'en connaissais pas les lois. Mais j'aurais voulu plus de respect, plus de tact avec lui, plus de douceur. J'aurais voulu qu'ils ne me volent pas le corps mort de mon père. Que tous ces gens, cette société dont on oublie le poids les jours de grand calme au quotidien, soudain surgie hors d'elle-même pour s'affairer autour d'une naissance, d'un mariage, d'un mort, rentre assommée dans sa tanière et me laisse le temps de prendre sa main, de l'embrasser, de le toucher, pour lui dire au revoir. Il n'y avait plus d'impudeur pour moi, lui disparu. Je me suis couchée sur le lit, collée à lui, pour capter le dernier souffle de chaleur qui disparaissait peu à peu de notre humanité commune, à son corps et au mien. Il n'existait pas d'autre lieu au monde où je pourrais ainsi toucher le corps de mon père, sentir sa peau, serrer ses mains. Le seul endroit de contact entre nous, de contact physique, par où passe l'amour – sinon, par où ? –, il venait d'en partir. J'étais exilée dans un monde sans lui. Dans un monde à qui celui sans qui je ne serais pas au monde avait été arraché. Mon amour pour lui, désormais, ne serait que pensée. Il n'y aurait plus sa chaleur, son rire, son regard, mouvant, changeant, imprévisible. Tout avait été écrit, le livre était fermé. Je pourrais le relire cent fois, mais jamais y rien ajouter. Le monde où je me promènerais serait peuplé de son souvenir, mais de lui, point. Je passais mes doigts dans ses cheveux doux et souples, vivants, eux. Je serrais sa tête, soudain toute petite, entre mes mains ; je serrais pour tenter de retenir avec moi un peu du monde de mon père, mais il y avait un abîme entre mes mains qui était la tête de mon père, et à mes ongles plantés dans sa peau froide il ne répondait pas. Je regardais bleuir son oreille. C'était donc cela, la mort. Ensuite, je crois me souvenir que quelqu'un m'arracha. Comme un arbre de la forêt, grâce à leurs machines monstrueuses et sophistiquées fabriquées, conçues, étudiées pour abattre un chêne plus que centenaire en cent vingt secondes, on me souleva de terre avec tronc et racines. J'étais dans le salon. Je vis un médecin sortir une piqûre de sa sacoche noire. Ma réaction ne fut pas appropriée. Je repliai les jambes sur moi, comme pour me protéger d'un viol. J'étais impudique. J'avais perdu le sens commun, le sens des convenances. J'avais oublié l'indécence; l'indécence, ce fut ensuite, le bruit implacable du marteau qui scellait les planches du cercueil et dont chacun des coups m'enfonçait un clou à l'intérieur de la tête. Toi, tes cheveux sont comme les siens, gris, mais ton oreille est claire. Je l'embrasse, la lèche, la mords, et tu enfouis alors ta bouche dans le creux de mon cou et nous sommes vivants. Lorsque je caresse ta tête, ma main se réchauffe à proximité de ton oreille. Je ne me lasse pas de te toucher, de faire rouler entre mes doigts les cellules de ta peau comme pour en vérifier la vitalité, à la manière dont on promène un détecteur de métaux au-dessus d'une plage de sable, précautionneusement, latéralement. Je cherche l'or. Ou plutôt je l'ai trouvé. Être couchée à côté de toi est ma définition exhaustive du bonheur.

Je n'ai aucune image de toi. Mes seuls objets sont des lettres. Comment supporter les photographies ? Je les aurais décolorées à trop en absorber les couleurs à force de les regarder. Je ne veux pas de preuves de ton existence, elles me déchirent. Je ne veux pas de trace. Je ne veux pas savoir, où tu es, qui tu vois, comment tu vis ; je sais qu'on s'est déjà rencontrés et cela me lamine.

Ce fut immédiat. Lorsque cette fille que je connaissais à peine, mais qui était gentille, providentielle, me proposa de passer prendre un verre, je savais que c'était là que tu travaillais toujours et que, malgré le monde, la probabilité existait que tu y sois aussi. Les bureaux que j'avais soigneusement évités depuis tout ce temps redevenaient familiers. J'avais envie et crainte de te voir. Envie de faire comme si cela ne m'importait pas. Envie de faire comme si je n'avais pas envie d'un miracle. Toi venant vers moi, t'approchant doucement et posant ta main sur mon épaule, me disant bonsoir, je suis heureux de te voir, et me souriant, me disant tu m'as manqué, non, pardon, me disant simplement bonjour, demandant de mes nouvelles, ou bien me disant c'était impossible mais il m'arrive d'avoir des regrets, ou au moins d'y penser. Tu serais venu vers moi et j'aurais retrouvé ton sourire et cette partie de moi engloutie avec le reflux de la mer. Si tu n'avais pas été là, véritablement, ça ne m'aurait pas importé. J'aurais pensé nous nous sommes manqués, et ces seuls mots, par leur ambiguïté, m'auraient consolée de tout. Je n'aurais pas été déçue. Je n'étais pas venue pour cela. Je ne mentais pas aux autres en leur disant que j'avais plaisir à les rejoindre. Je ne les trompais pas. Je m'étais si souvent prouvé à moi-même combien facilement je pouvais ne jamais prendre cette rue, ou au contraire me promener à côté, au hasard, pour éprouver mon cœur, observer ce qui s'y passait, ce que cela faisait ; et cela ne faisait pas mal, tout juste une petite mélancolie insidieuse, comme la pointe d'un caillou dans une chaussure.

C'était le hasard qui l'avait poussée à m'inviter à ce pot. Elle ne savait pas. Comme si l'étendue de ma tristesse devait la rendre transparente pour la terre entière, il me semblait extravagant qu'il y ait encore des gens qui ne soient pas au courant, qui ne connaissent pas le grand tabou de ne jamais me parler de cet endroit ni de toi. Cette révélation me soulageait, car je redoutais les témoins de notre histoire comme si chacun d'entre eux risquait de m'écraser son poids sur la poitrine. L'avenir était donc libre, ouvert, *possible* ? C'était reposant. Et ce fut par hasard que je lui dis oui, feignant presque de me faire prier. Cela devenait naturel, tout le monde y allait, on était des dizaines, pourquoi pas moi ? En marchant vers ta rue, légère, innocente, acquittée, je ne pensais pas à toi. Je censurais l'espoir de te croiser. Il réapparut au détour d'un souvenir : je passais devant le restaurant où je t'avais retrouvé, le café où nous nous étions parlé pour la dernière fois, vraiment. C'était trop tard, j'étais embarquée. J'écopais les souvenirs. Ils arrivaient de tous côtés, des vagues de bâbord, tribord, par la proue, par la poupe, ça s'engouffrait à grandes eaux dans mon esquif. À peine surgis, déjà dehors, je souquais, souquais ferme, ma barque prenait l'eau, avec mon seau j'écopais, je tenais bon, à toute allure j'évacuais tout ce flot de passé qui m'inondait de mélancolie. Je ne laisserais pas couler. Tu travaillais là, soit – ça, c'était le café où je t'avais donné certaines lettres écrites en ton absence –, mais ce n'était pas pour toi que je venais, non, je venais, c'était légitime, pour tout autre chose que toi. D'ailleurs je ne pensais pas à toi – cette place c'était simplement celle où tu m'avais adressé un sourire transperçant comme un éclair venu se planter dans ma poitrine. Je savais, c'est tout. Je savais que c'était dans ton univers que j'arrivais.

Je savais que peut-être tu serais là et que je te verrais mais que ce serait bien le plus grand des hasards. Ce serait mentir que de prétendre que cela ne suffisait pas à me faire plaisir. J'entrai dans cet immeuble, où bien sûr la probabilité de te trouver était grande, en retenant ma respiration pour ne pas penser, ne pas espérer, ne pas attendre, surtout ne rien attendre. Tu étais là.

J'entrai dans cet immeuble, dans le hall il y avait du monde, et au fond du couloir il y avait toi, debout, contre un mur, qui parlais avec ces corps inconnus. Une loi physique dictait cela : ton regard plongea dans le mien et mes yeux furent attirés par les tiens comme un aimant aspire sans rémission la limaille de fer. Aussi irrésistiblement déterminé, mon regard se colla au tien mais aussitôt, de même qu'en supprimant l'électricité dans un circuit on supprime l'attraction magnétique, un néon s'éclaira dans ce corridor qui avertissait « Danger », et dans un tressaillement nous détournions les yeux. Le couloir te faisait animal de proie, moi bête aux abois, et réciproquement. Il y eut une décharge de haine. Cela ne dura même pas le temps d'un clignement de paupière que nous avions déjà, chacun, trouvé autre chose à faire, mais si nous ne nous sommes pas regardés, je sais que nous nous sommes vus. Tu m'as vue, tu as compris que je t'avais vu. Aucun de nous n'a fait comme si l'autre n'était pas là, c'était encore pire, on a fait comme si cela n'avait aucune importance. L'ensemble dura très peu, peut-être deux ou trois secondes, qui, chacune, peuvent se décomposer ainsi : le moment où ton regard s'est posé sur moi – était-ce avant ou après que le mien t'a repéré ? –, puisque j'entrai dans l'immeuble où tu étais déjà, il semblerait logique que ce soit toi qui m'aies aperçue le premier – donc une microseconde pour toi, une de même pour moi, peut-être était-ce la même. Ensuite la microseconde de haine. Et le temps qu'il faut pour détourner la tête, entrer dans l'ascenseur pour toi, pour moi reprendre ma conversation. Le fil de la pensée rendait le temps encore plus élastique : espoir – surprise – recoupement des informations certifiant que c'était bien toi qui étais en face de moi, à moins de dix pas, à moins de dix pas – gaieté – analyse de ton regard et certitude nouvelle que, non, nous ne nous parlerions pas cette fois non plus – très nette impression que si l'indifférence pouvait tuer, tu m'achèverais sans ciller – fatalisme qui reprend le dessus. Tout cela n'était que trop normal. Comme chaque fois que l'on se croise, l'envie d'une parole banale, pour ainsi dire cordiale, et la déception mêlée d'agacement, puis immédiatement la tristesse de penser que tu as transformé en hargne ton amour, sont quasi simultanés en moi. J'ai beau me persuader que ce n'est qu'une défense, cette haine provoque en moi une colère symétrique. Je te déteste de cela. Mais peut-être, après tout, si l'on repartait dans la tendresse, où s'arrêterait-elle ?

Tu as tourné les talons et t'es engouffré dans l'ascenseur. L'ascenseur que tu as pris était celui dans lequel tu m'avais embrassée. L'ascenseur dans lequel tu m'avais dit que tu étais heureux. De me voir, de me revoir, de me mener ici. L'ascenseur dans lequel le temps s'était arrêté, tu t'étais collé contre moi, tes mains étaient remontées sous ma jupe jusqu'à ma taille, on aurait fait l'amour si la porte si vite ne s'était rouverte sur le monde. On y avait pensé si fort, tout de suite, tellement c'était un cliché, tellement on avait de désir et tellement aussi d'envie de rire, de notre complicité, de cette visite-éclair, de cette envie de jouir l'un de l'autre pendant les dix-sept secondes du trajet avant que les portes ne nous livrent, les joues rouges, à l'interrogation des autres. Mes hanches étaient collées aux tiennes et si, dans une trentaine d'années, on me demandait une définition de la plénitude, je suis presque certaine de penser à cette sensation d'un ajustement parfait entre mon bassin et ton ventre.

Autrefois, nous marchions dans la rue, tu étais à ma droite, ta main gauche sur ma hanche gauche, et ta main la pressait contre toi ; nos pas allaient au même rythme, chacun des miens très exactement ajusté à la longueur des tiens, et réciproquement. Nous descendions cette rue que je remonte maintenant, impavide, au gré des secondes qui chuchotent à ma pensée c'est bientôt là, c'est là, c'était là, il sera là, peut-être, il sera là, il est là, il était là.

J'entre dans l'immeuble et n'ai pas le temps d'apercevoir autre chose que la porte d'entrée que déjà mes yeux se posent sur toi. Il n'y a rien, rien de visible, rien qu'un pincement des muscles de tes joues, une imperceptible contraction des rides de ton front. C'est le signe que toi aussi tu m'as vue. Chacun de nous continue, imperturbable, à discuter avec qui on prétend discuter, puis tu tournes les talons et disparais dans les étages.

Un jour, par hasard, alors que je feuilletais un journal professionnel, un magazine, ou une encyclopédie, mes yeux effleurèrent une photo banale, si ce n'est le noir et blanc d'un groupe de cadres au travail, dans une salle de réunion. À un je-ne-sais-quoi de familier dans la disposition des chaises autour d'une table, mon regard s'arrêta ; aussi parce que, à la seconde où je reconnaissais l'aspect général de la pièce, je lisais la légende indiquant où cette photo avait été prise. Ça se serra dans mon cœur. Je plongeai en apnée pendant les quelques secondes où le doute était encore permis. Puis j'identifiai à toute allure les éléments disparates : les bureaux désordonnés recouverts de dossiers colorés, la bibliothèque au fond à droite, les étagères, la moquette grise et rase, les grandes fenêtres ouvertes sur la rue, et à gauche les escaliers et la porte de l'ascenseur. Je n'étais pas restée long-temps dans cette salle, mais j'étais avec toi, presque chez toi, et cela avait suffi à éveiller en chacun de mes sens une disponibilité totale à la moindre impression. Je mémorisais tout, j'enregistrais, sans effort. J'aurais pu, toi lisant, retenir par cœur les trente-trois chants du *Paradis* de Dante. Tout devenait facile. Ainsi chacun des détails de l'endroit où tu travaillais avait im-primé un souvenir aussi précis dans mon esprit que si j'en avais été la femme de ménage, le soir, cette invisible chargée de nettoyer les traces de la vie des autres. La photo était construite comme une cène dont la ligne de fuite conduisait à un individu, à droite, de trois quarts dos. Commen-çait à se dessiner l'appréhension, puis ce fut la certitude qui émergea au loin, s'approcha à grandes enjambées, surgit sous mon nez, face à moi, en pleine lumière : dans ce coin, presque méconnaissable, tu apparaissais. Je reconnus tes lunettes négligemment posées, et ton dos.

Je restais figée devant la photo. Après tout, j'étais seule. De ma non-rémission ne trans-paraissait rien pour personne. Je voulais sim-plement expérimenter la joie de te regarder, de t'avoir face à moi, ne serait-ce que comme cela, de laisser remonter à la surface les souvenirs trop doux qui me rendaient douloureuse. Il y eut une ivresse à te dévorer des yeux ainsi. Le choc de retrouver les traits de ton visage. Une émotion géométrique devant ces quelques lignes qui te dessinaient, ces ombres de gris clair et de blanc. Chacun des pointillés de la trame du papier semblait enfoncer une aiguille dans ma tête. Le piqué était grossier, sans couleur, mais la feuille eût-elle été en lambeaux, il y avait ta vie derrière, ton existence qui continuait sans moi, tes gestes quotidiens qui, chacun, jetaient sans t'en apercevoir, sans même le vouloir, une pelletée de terre après l'autre sur le couvercle de l'oubli. C'était sans moi, mais c'était toi. Je n'osais plus me remémorer les moments passés ensemble, tant ils s'effilochaient à être trop manipulés. Cela se décousait de partout. Mais si le motif disparaissait, il me restait l'amour. Il me resterait l'amour même lorsque le moindre détail se serait évanoui de ce qui nous avait un jour unis. Même une fois tout oublié de toi, tout de ce que nous nous sommes dit, me resterait la certitude de t'avoir aimé. Cette photo était un inédit au répertoire de nos moments partagés. C'était toi, ce n'était plus mon souvenir de toi. Je m'étais lassée de repasser les mêmes images mentales, épuisée de tenter d'y injecter de la vie, de la couleur ; à chaque évocation l'effet s'amenuisait. Cette photo, c'était du nouveau, un éclat de toi tel que je ne t'en avais pas encore connu. Des possibilités exponentielles d'exploitation de ce moment et de cette sensation de t'avoir enfin tout à moi s'ouvraient. Je souriais en te regardant avec la même candeur que si j'avais cru découvrir une planète inconnue en observant les satellites passer au milieu des étoiles. Mon bonheur était mon secret, mon malheur le serait aussi ; c'était une forme de fidélité, après tout.

La tristesse qui m'envahit est cruelle lorsque, rarement, je te croise et que tu ne dis pas un mot, feignant d'adresser une parole polie à un interlocuteur invisible, que tu disparais illico. J'aimerais ne pas t'en faire reproche. J'ai envie de savoir ce que de moi, de nous, il te reste de cet amour. Envie que mes lettres jamais envoyées ne suscitent pas de rancune. Je ne veux pas de ta haine. Mon secret devient plus lourd, parfois, à la nuit tombante, lorsque la solitude ou le trop-plein de monde me font tourner la tête.

Parfois la colère me prend. Alors je t'en veux. Que tu disparaisses dans les limbes inconscients, ce serait mon seul repos. Que je t'efface d'un coup d'aile de ma mémoire ; c'est cela que je cherche et que ton silence rend impossible. Le mystère qui entoure notre séparation, mystère relatif, car pour toi j'imagine que les choses sont simples, mais pour moi ta violence dans l'indifférence demeure inacceptable, incomprise – ce mystère empêche l'oubli. Je me pose des questions. Comme de bien entendu, je ne sais pas faire le deuil.

Il n'y a pas de courriers, il n'y a pas d'appels. Imaginant ce que je pourrais te demander si me prenait le désir soudain de te parler, si du moins l'envie constante de t'entendre ne venait s'échouer sur la certitude qu'il n'y a rien, absolument rien à attendre de cette conversation hormis la déception, je me dis que finalement je n'aurais pas grand-chose à te dire. La vie nourrit l'amitié, l'amour. Le mien pour toi est hors sol. Mais la mauvaise herbe résiste.

Il semble que, dans tous les moments où la vie se dérobe, ton image resurgisse. Je me suis par exemple aperçue que lorsque je souffre d'une rage de dents, je rêve de toi. Plongée dans un demi-sommeil laborieux, mes pensées ne sont pas tout à fait libres ni mon sommeil réparateur. Dans ces cas-là, c'est ton image qui émerge au-dessus du brouillard. Mes rêves ne sont alors que peu éloignés du réel : tu me fuis, tu m'évites, tu parles en mauvaise part de moi à d'autres, je rêve que je pleure, ce qui ne m'arrive jamais éveillée. Je crie souvent aussi la nuit, je te demande pourquoi, je te dis que je ne comprends pas, je fais ce que je ne ferai jamais. Dans la réalité, je me muselle. Tu m'as attaché autour de la bouche un bâillon dont toi seul pourrais défaire les nœuds, ensuite tu as tourné les talons, tu es parti, le bâillon est toujours là, juste descendu sur le cœur.

Chaque fois, ou presque, que nous déjeunons au restaurant, c'est raté. On ne mange rien. Je suis si joyeuse que j'en oublie mon assiette. Je m'assois parfois sur tes genoux, cela ne se fait pas mais personne ne dit quoi que ce soit. La différence d'âge s'ajoutant aux torrents fusionnels, les gens nous observent. Personne n'ignore que la passion ne se rencontre pas seulement à vingt ans. Mais ils semblent surpris qu'on ne se tienne pas mieux avec l'expérience. Comme si nous étions forcément de grands habitués de la chose adultère et de la discrétion qu'elle implique. Comme si les amours illicites étaient socialement tolérées à condition de n'être pas dites, exhibées, montrées dans tout leur bonheur. L'amour fou est gênant, c'est une perturbation de l'ordre normal et banal du monde. Plus tard, chez toi, j'appellerai désespérément au secours l'un de nos amis, en pleurant je ne veux pas partir, pas te quitter, pas te perdre, il me dira maintenant ça suffit vous avez vécu ce que vous aviez à vivre mais il faut s'arrêter à temps, là, ça ne va plus du tout, vous n'allez pas bousiller vos vies, il faut que ça cesse, rentre chez toi. Lui si tolérant, lui si libertin, lui si ouvert et si rebelle, ne supportait pas plus qu'un autre que l'on bouleverse ainsi l'ordre des priorités familiales.

J'aurais dû en avoir l'intuition dès ce jour au café du coin du boulevard. J'aurais dû sentir le regard de glace que tu poserais un jour sur moi et sur mes yeux dégoulinants. Je ne me traiterais pas différemment, d'ailleurs, me disant, arrête tout de suite prends tes affaires rentre chez toi, ça ne sert à rien, tu te perds, tu le perds au contraire un peu plus à chaque minute, mais je ne pouvais pas. Le mélodrame c'est la mort plus la honte, et j'ai versé dedans jusqu'à nous en dégoûter tous les deux. Mais à ce jour, à cette heure, dans le café du coin du boulevard, nous étions heureux et tu disais tu *m'aimais*, tu n'avais *jamais ressenti*, *jamais*, tu disais les mots *définitifs*, les mots dont j'ai oublié la formule, sans doute volontairement, car, si je retrouvais la musique exacte de ceux que tu prononçais, leur pouvoir me réenchanterait et je tomberais de nouveau. Tu avais précisément découvert la manière, l'ordonnancement et le ton pour les agencer, ces mots. Et ils pénétraient alors un par un dans ma tête jusqu'à venir s'encastrer très exactement là où il fallait pour enclencher le mécanisme. Comme deux clés symétriques dont la réunion provoque l'ouverture de la caverne dans le rocher, tes paroles et moi-même nous imbriquions parfaitement pour ouvrir la porte au n'importe quoi. Ça devait mal finir. Ça devait finir par les cris et les pleurs et ton départ précipité en voiture, en vacances, portable coupé dont la messagerie renvoyait sur celle de ta femme. Ce coup de force, ce crachat à ma figure, aurait contribué à me détourner un peu de toi et amenuisé les regrets, si je ne m'étais pas persuadée que c'était précisément le but que tu y recherchais. Je me demanderai longtemps comment tu as osé. L'imaginer, d'accord, mais encore fallait-il le faire. L'envisager, oui, se dire que le plus simple pour régler le problème était de passer du toi et moi au vaudeville à trois ; au face-à-face entre elle et moi. Le passage à l'acte était tout de même une gageure. Certes, moi aussi, j'y avais ma part, dans la responsabilité de l'avoir mêlée, elle, à nous. J'avais cru que quelque chose se passerait, que de la confrontation de deux vérités sortirait l'évidence. Mais rien n'en était sorti que de l'incompréhensible.

Aucune vérité ne réduisait l'autre en poussière. Elles se heurtaient bloc contre bloc. Il n'y avait pas d'un côté la solidité familiale tranquille et lassante et de l'autre la passion nouvelle et ravageuse. Il y avait l'amour de part et d'autre ; de la folie, de la compréhension, de la tendresse, de la méchanceté, de la cruauté, de la perversité, de la gentillesse, du côté de ton couple regardant le nôtre et réciproquement. Ce n'était pas elle contre moi, mais votre amour à notre amour mélangé. Tu réussis le miracle de faire de notre histoire une nourriture pour la vôtre ; de transformer l'infidélité en fidélité, de lui dire que tu l'aimais en me le disant à moi. Tout cela était déjà en germe au café du coin, lorsque nous nous sommes assis l'un en face de l'autre et avons échangé un long baiser de bienvenue bonjour je t'aime tu m'as manqué tu vas bien. Et après le baiser initial se le répéter dix fois. Je tends ma main vers ta main au-dessus de nos verres, les doigts levés, écartés, tu glisses les tiens au travers, comme lorsqu'à travers mes cuisses tu avances les tiennes, et je serre de toute ma force doigts et cuisses. Ensuite je me soulève et j'avance ma bouche vers tes lèvres. Ta langue cherche la mienne. Nous nous embrassons longuement et dans le bas de mon dos, je ne sens pas de douleur naître de l'inconfort de la

113

position. De café nous changeons souvent. Nous sommes condamnés à être de passage. Anormaux dans cet univers, ni touristes ni habitués. Protégés par la grande ville et son anonymat. Nos voisins éphémères et curieux seront là encore quand nous aurons été vaporisés par la vie. Je les envie. Je les regarde, assis à côté de nous en témoins inespérés de notre amour. De la même manière, je me rappelle avoir scruté le visage de l'aïeule qui avait rencontré Van Gogh et en avait rapporté le souvenir jusqu'à nous comme le plus précieux fardeau que les ans lui aient confié. Ils nous voient, ils nous observent, ils confirment que notre amour existe ; à la fois messagers et pièces à conviction, j'aurais dû prendre leurs nom prénom adresse profession, numéro de téléphone, et je pourrais leur demander aujourd'hui de confirmer mes dires, d'assurer, Monsieur le Président, que je n'ai rien inventé de toute cette histoire. Certes j'ai eu tort, je n'aurais pas dû entrer dans la vie de cette famille, j'aurais dû partir, tout de suite, quand ça n'allait plus, quand ça a commencé à poindre, qu'il n'allait pas la quitter, et que moi, notre histoire, tout ça, nous étions des boulets. Si, sur la pointe des pieds, alors, je m'en étais allée, aujourd'hui grand sourire, bonjour, amitié, bon souvenir, mais j'ai eu tort, j'ai insisté. Je ne voulais pas le perdre, cet amour, vous comprenez ? Ça m'a paniquée, frénétiquement. J'ai traversé la rue, dératée, devant lui, pour lui dire, je t'aime sans toi je ne peux plus, rien, cela n'a plus de sens, autant arrêter tout de suite la douleur, ou la remplacer par une autre, plus réelle, plus physique. Qu'on m'enferme dans une chambre d'hôpital hors d'atteinte de toi, hors d'atteinte surtout de l'envie de te voir, de sauter dans taxi train métro jusqu'à chez toi, chez vous, chez elle aussi donc. J'ai vu la voiture arriver et j'ai couru, j'ai traversé, quasiment sous le capot, c'était un pari, j'ai gagné, mais toi, je t'ai perdu, la voiture a pilé, ils ne roulaient pas très vite. Tant de gens roulent si vite de nos jours, même en ville, eh bien, là, non, pas de chance, ou plutôt trop de chance, ceux-là roulaient lentement. Ils ont pilé et ont grogné et klaxonné, et sûrement m'ont prise pour une pas nette, ce qui, j'en conviens, n'est pas illégitime de leur part. Mais quand l'amour s'en va... c'était l'amour de ma vie du moins je le croyais, je croyais que le bonheur c'était toi, et rien autour dans le monde, rien d'autre ailleurs mais tout en toi, mon existence résumée dans cette longue silhouette. Une forme d'incarnation païenne. Ton corps, si maigre, si efflanqué fût-il, concentrait en lui-même comme un précipité de tout le bonheur aux hommes permis, dans cet océan de souffrances, et c'était mon partage de ce bonheur, ma part terrestre, puisque de céleste il n'y en aurait pas. J'ai paniqué. J'ai cru avoir tout perdu.

Pardonne-moi, mon amour. Ils nous regardent parce que dans le café on s'embrasse comme des fous. Ensuite ils voient ta bague et comprennent. Peut-être me trouvent-ils naïve et te pensent-ils salaud ou bien malin, peut-être sont-ils de même, à d'autres moments, avec d'autres personnes, les ombres chinoises d'autres jeux de rôles. Je ne suis pas naïve et tu n'es pas malin, ni réciproquement. Leurs regards glissent sur notre anormalité. À aucun moment tu n'as ôté ta bague.

Toute douleur me ramène vers toi. Tu n'étais qu'amour et bonheur pour moi – à présent je t'associe à l'arrachage d'une dent. La peine que j'ai refusé de laisser s'écouler à ton départ, ou plutôt à ta disparition, resurgit différemment. Je ne voulais pas sombrer, replonger dans le cycle infernal. J'ai vécu. J'ai demandé au temps de passer. Je suis partie en vacances sur une île de l'Atlantique. La batterie de mon téléphone portable fut vite faible et, volontairement, j'en avais oublié la recharge, mais tous les soirs, lorsque je réintégrais ma chambre, l'attente montait. Je l'allumais, il affichait un message d'accueil, bonjour, puis on m'interrogeait sur mon code personnel, je tapais deux fois mon département de naissance et là, pendant les quelques secondes précieuses où les ondes recherchaient leur réseau, avec violence et fatalisme j'espérais. J'espérais lire sur l'écran message reçu et voir ton nom inscrit à la rubrique expéditeur, ou ton numéro parmi les appelants n'ayant pas laissé de message. J'interrogeais ma boîte vocale et, là encore, ceux qui l'avaient contactée n'étaient jamais toi. Je refermais l'appareil, avec au creux du ventre une tristesse desséchée que je ne te pardonnais pas. J'économisais encore le peu de batterie qui restait. Car le pire aurait été de me persuader que tu m'avais appelée sans pouvoir vérifier le contraire. La pensée de pouvoir laisser un message quelque part, à ton bureau au moins, avait une étonnante vertu apaisante dans les moments où il devenait presque insupportable de ne pas se frapper la tête contre un mur. Les vacances passèrent, comme toujours. À mon retour, je te revis. J'appris que tu étais tout près, de l'autre côté de la baie. Que tu redoutais de me savoir si proche, une brassée d'océan à peine.

Je n'étais pas jalouse. Je n'enviais pas celle qui partageait ta vie, puisque tu m'aimais. Quand nous étions ensemble, ça ne faisait aucun doute. Je ne me posais pas de questions. Ma confiance en toi, gagnée de haute lutte (tu partais de loin) à coups de déclarations d'amour véhiculées sur tous supports – voix, lettres, paroles, mains, langues, écrans, téléphones –, me rendait indifférente la partie de ta vie où je n'existais pas. Je l'inventais parfois. À partir des bribes que je savais d'elle, je tentais de reconstruire son image. Tu évoquais nos points communs, nos ressemblances. Je n'aurais pas imaginé qu'elles étaient si flagrantes. C'était mon genre de femme, apparemment le tien aussi.

Dans la litanie des jamais, des toujours, des merveilleux et des incomparables, je te disais ne pas avoir été aussi heureuse que dans les moments ensemble partagés. Je me sentais redevable, débitrice même de nos moments à deux. Le bonheur était jusqu'alors une idée non autorisée. Cela transparaissait peu à l'extérieur, à l'exception évidemment de quelques moments critiques. Alors, pour les autres, les amis, les familiers indifférents, il suffisait d'attendre la fin de la tempête. *Il fallait toujours que je fasse du mélodrame*. J'étais abasourdie de constater à quel point les êtres censés le mieux vous connaître ignorent finalement presque tout de vos ressorts intimes, de vos tristesses profondes, de vos désespoirs sourds. L'école m'avait jadis enivrée de la fierté de rendre mon père heureux, fierté de lui donner ce qu'il n'avait jamais connu lui-même, ni aucun membre de ma famille, ou presque. Mes tantes, oncles, mes parents, grands-parents, mon frère, avaient tous été sacrifiés sur l'autel du travail, à une époque où les enfants de la classe ouvrière ou de la paysannerie n'avaient nul choix de leur mode de vie. Pour faire des études, alors, on s'en remettait au miracle. Le plus souvent, il n'avait pas lieu. Ma tante a travaillé comme vendeuse dans une boucherie à l'âge de seize ans. Mon père à la mine à quatorze ans. Ma mère secrétaire dans un collège à seize ans. Mon oncle à l'usine à quatorze ans. Mon frère fut dirigé vers un bac technologique à la suite d'orientations douteuses. Mes grands-mères n'ont bien sûr jamais travaillé, et si elles l'ont fréquentée, je ne sais pas jusqu'à quel âge elles sont allées à l'école. Elles avaient en commun d'être nées en Alsace-Lorraine annexée et de parler plusieurs langues : allemand, français, alsacien pour l'une, italien, luxembourgeois, allemand, puis plus tard français pour l'autre. Mes deux grands-pères, sans jamais se connaître, sont tous deux morts pendant la guerre, l'un d'un accident du travail, dans le Massif central, sur le chantier du barrage de l'Aigle, écrasé par une grue qui lui brisa la colonne vertébrale, l'autre en déportation, à Bergen-Belsen, du typhus, après l'ouverture du camp par les Anglais, fin avril 1945. Mes parents ont tous deux été élevés par une mère pauvre, même pas française *de souche*, et sans travail. Être orphelin de père me semblait la pire épreuve que l'on pouvait au monde affronter. Cela m'arriva pour ma part à l'âge de dix-neuf ans. Mon père, qui avait été malade du poumon quelques années plus tôt, après trente années de mine et dix ans de conflit avec la Sécurité sociale, succomba du cœur et d'une infection nosocomiale après une opération dans un hôpital au mois de juillet. Des années plus tard, au détour d'une discussion de coulisse, j'entendis un spécialiste médical de renom déclarer que *bien évidemment* il ne fallait jamais se faire opérer en plein été.

Pendant toutes ces années, tes parents étaient allés à l'école, mon amour. Ils avaient suivi des études littéraires ou militaires, scientifiques ou juridiques. Ils avaient commencé à travailler à vingt ans ou un peu plus. Très vite ta mère s'était arrêtée pour élever les enfants nombreux du ménage. Ton père partait assez fréquemment en déplacement pendant la semaine, ce qui faisait l'admiration des voisins, c'était un métier difficile avec une grande famille comme la vôtre. La femme de ménage ne venait que deux fois par semaine, le lundi et le jeudi, en extra parfois si vous aviez des invités. Souvent, vous preniez vos vacances dans la propriété normande ou solognote de tes grands-parents, côté paternel (c'est l'entreprise de ferronnerie familiale qui avait permis l'achat de la demeure tandis que, côté maternel, la modestie du milieu rural traditionnel ne permettait aucun excès), celle où toute la famille se retrouvait l'été, cousins et grands-oncles compris, les petits jouant tous ensemble, et il y en avait un bon nombre, dans le parc arboré où s'enquillaient les parties de cache-cache et dont, des années plus tard, l'un de tes cousins devenu écrivain à succès tirerait des pages nostalgiques remplies du parfum de l'enfance et du goût sucré du terroir.

C'est dans cette campagne française à la ruralité de bon aloi que tu te replias, de moi caché, pour faire le vide, méditer et prendre les décisions qui s'imposaient à ton avenir et, en l'occurrence, à celui de notre histoire. Je n'aurais pas dû emprunter la voiture d'une amie et aligner plus de trois cents kilomètres pour te poursuivre dans ta retraite. Ce fut maladroit. À ta voix au téléphone lorsque je t'annonçai que j'arpentais le parvis d'une église voisine, j'ai bien senti que j'avais outrepassé une limite, dépassé les bornes, franchi une ligne jaune dont le tracé suivait précisément celui de l'enceinte grillagée de la propriété familiale. De là à me faire loger dans la maison des domestiques, il y avait un pas que tu sautas allégrement, dans les larmes et le mélodrame, certes, mais avec l'assurance, par moi arrachée, que tu ne me laisserais pas seule toute une nuit dans le refuge des araignées et des chauves-souris. Tu ne manquas pas à ta parole, d'ailleurs. Pas à celle-là. Tu me rejoignis au début de la nuit et repartis au petit jour, renouvelant les schémas éprouvés des amours ancillaires. Je portais pour dormir une tunique fine en coton blanc brodée sur la poitrine que tu aimas beaucoup. Ne manquait que le bonnet de nuit. Je ne sais plus à quel moment nous avons commencé à faire l'amour, entre le coup de téléphone de ta femme, l'angoisse d'entendre du bruit dans la grande maison, ta colère et ma pitié, l'incertitude où nous étions de ce que nous allions devenir et le pressentiment que tout allait finir – autant précipiter la chute plutôt que laisser perdurer un bonheur illusoire qui ne serait que plus douloureux s'il s'éternisait. Dans l'ancienne chambre des bonnes, il n'y avait guère qu'un grand lit, une chaise de bois, une petite armoire. Tu as frappé, tu es entré, combien de temps cela a-t-il duré avant que tu ne t'asseyes ; puis tu m'as embrassée. J'ai senti ton baiser glisser de ma bouche à ma langue, au plus profond de mon ventre. Tu as fait tomber l'une des bretelles le long de mon épaule. J'aimais que tu caresses mes seins et les embrasses, passant avec tes lèvres alternativement de l'un à l'autre. Je m'allongeai sur le dos. Tu posas ta main droite sur ma hanche et sous ma robe, tu serras ma taille, puis ta main descendit le long de ma cuisse, sur mon genou, derrière mon mollet, et tu saisis ma cheville. Tu la soulevas, l'entraînant vers la hanche en l'écartant doucement. Ta poitrine s'appuyait à la jointure de mes cuisses. Tu pris alors de ta main gauche l'autre cheville, et ramenas très vite ma jambe dans la position symétrique à la première, puis tu penchas la tête et commenças à m'embrasser. Tu le fis avec patience, jusqu'à ce que je fonde. J'avais envie de toi, encore, toujours, et peu m'importait que le lendemain je doive m'en aller comme une inconnue avant le jour, peu m'importait le regard noir et méchant, presque violent, que tu m'avais lancé pendant l'appel de ta femme alors que je t'observais de l'autre côté de la vitre, peu m'importait de savoir que tout était bientôt fini. Pour cet instant d'amour entre nous j'applaudissais des deux mains les mantras idiots du *carpe diem*. Je vins sur toi. Je me souviens de ton visage entre mes genoux relevés, des paroles que tu dis quand tu m'as pénétrée. Si l'amour peut être partagé, nul doute que ce fut à ce moment. Tu me parlais, tu m'aimais je t'aimais, pendant que j'abaissais et relevais mon bassin sur le tien. Tes mains s'agrippaient à ma taille. Nous avons fait l'amour comme on grille une dernière cigarette. J'étais à califourchon au-dessus de toi, la petite chemise de coton blanc glissait de mes épaules et tu me disais que tu n'oublierais jamais. C'était sans doute la chemise. Ce fut une manière de nuit ensemble, si l'on y réfléchit ; la seule à laquelle je puisse me raccrocher lorsque je me penche sur notre histoire évanouie.

Du bois de quelle confiance se chauffent-ils, ceux qui osent t'écrire, te parler, t'appeler ? Demi-dieux inaccessibles, je les admire de loin. Il me sera toujours plus difficile de faire ce qu'ils font avec toi – te parler, t'entendre, te dire non je ne peux pas vous recevoir aujourd'hui, t'inviter à déjeuner, peut-être par toi être invité à déjeuner, discuter de tout et de rien, te croiser dans la rue sans te connaître, échanger un regard de sympathie à la sortie d'un magasin, engager la conversation dans une soirée –, d'être comme ils sont avec toi – détachés, insouciants, sympathiques, indifférents, amicaux, professionnels –, ce qui pourtant pour eux n'est rien et de nulle valeur, mais à moi à tout jamais interdit, que de passer des nuits à veiller sous tes fenêtres sans dormir ou de traverser la planète pour qu'un autre continent me masque ton existence. J'ai l'impression d'être avalée par le silence que je porte autour de moi en une aura douce. Je ne suis pas au monde. Dans le monde que je suis seule à habiter il y a toi qui me veilles, toi à qui je parle, toi à qui je dis la beauté des choses, la couleur du temps, le soleil qui endore les cailloux du chemin sur le sentier de la maison que nous n'habiterons pas ensemble. Car jamais nous n'habiterons aucune maison ensemble, mon amour, jamais ne vivrons, jamais ne dormirons ensemble, mon amour. De toi à moi toujours il y aura cette séparation fixe, immobile et silencieuse, et pourtant je t'aime. Ceux qui bâtissent des murs ne connaissent pas celui où tu m'as enfermée. Je t'aime et une certitude muette m'écrase, il n'y a plus qu'un seul lieu où cet amour existe – ce lieu c'est mon silence. Ce silence est désormais mon unique refuge, mon enfant perdu. Nulle part au monde il n'y a plus trace d'un quelconque contact des corps entre ta bouche et la mienne, excepté dans le vide de mes paupières closes. Les journées me font dire tant et tant de choses, mon amour, mais je n'aspire qu'à toi. Me taire et t'écouter. Depuis si longtemps je n'entends plus ta voix.

126

Elle m'a laissé un sillon au creux de l'oreille à travers lequel roulent toutes les paroles altruistes. Je voudrais une âme pour t'en peser la moitié, et te montrer quelle est ta part. Je voudrais pour le moins attendre d'entendre de mon cœur l'écho résonner contre ta poitrine, mais de bruit il n'y a plus autour de moi, tout s'est appesanti.

J'avais tant voulu t'aimer. On crève tous de nos certitudes, mais celle-là me semblait salutaire. Cela passait par le plaisir extrême dans lequel me plongeait la pénétration lorsque nous faisions l'amour. La grande affaire du siècle n'était pas si dénuée de sens que cela. Je comprenais tout à coup qu'on en fasse des tonnes autour du sexe quand le tien à l'intérieur du mien me donnait tant de plaisir. Ce n'est pas rien, tout de même, au lieu de proférer la haine, vider sa mesquinerie quotidienne, aller chercher le pain, sortir les poubelles, dire du mal de son voisin, faire la guerre, voler les pauvres, jalouser les riches, envier les beaux et moquer les laids qu'on trouve tant de bonheur à se coucher l'un sur l'autre. Je dis coucher, mais les variations étaient infinies : debout contre le mur du salon, tu soulevais mes cuisses de l'intérieur de tes mains et tu te pressais contre moi en utilisant habilement l'appui du mur sur le bas de mon dos comme support de la force inversement exercée par ton corps sur le mien, dans des intermittences plus ou moins régulières selon notre état de fatigue du moment, la précaution mêlée au hasard que j'avais prise de ne pas me trouver trop éloignée d'une table ou d'un dossier de canapé afin de pouvoir poser ma jambe et soulager ainsi nos bras par un transfert de masse qui donnait sens tout à coup aux cours de physique oubliés pour tout autre domaine de la vie courante, branchement électrique, ou purge de radiateurs qui invariablement se transformaient en travaux herculéens suscitant pour finir plus d'encombrements – chambre inondée ou destruction de l'appareillage électrique – que d'améliorations. Contre le mur du salon il n'y avait plus d'énergie perdue à bricoler des passe-temps insipides. Il y avait une rage délicate à se coller l'un contre l'autre dans la sueur qui n'en était pas.

Tes parents en cadeaux recevaient des foulards multicolores venus d'enseignes chic, des carrés de soie bariolés dont le mauvais goût était précisément l'emblème du bon, puisqu'il creusait entre ceux qui le connaissaient et les autres le fossé de ce que l'on n'irait jamais acheter autrement, des cigares cubains dans des coffrets de bois de rose, des écharpes de cachemire blanc ou de soie crème selon la saison qui s'annonçait. Pour tes dix-huit ans ou ton baccalauréat, obtenu avec tout juste 10 de moyenne générale ou avec mention très bien et félicitations du proviseur du grand lycée parisien, ou du censeur de l'institut privé rive droite, tes parents t'offraient un stylo en laque noir marqué d'une petite étoile, un cartable de cuir vert griffé d'un cheval au galop, une montre réversible ou un chronographe.

Tu me glisses une carte postale avec mon cadeau d'anniversaire. Le mur de Berlin découpé en morceaux semble de carton-pâte, comme une gigantesque blague, mauvais gag fragile qui s'effondre. La grue soulève un panneau de béton coloré de fresques vives accroché à un câble. Des gens sont assemblés au-dessous, des jeunes, dont l'on se demande ce qu'ils sont devenus, ce qu'avait été leur vie, avant, pour qu'en ce jour ils se soient retrouvés là, et ce qu'elle est depuis pour ces jeunes Allemands de la nouvelle Allemagne. Berlin c'était hier, notre imaginaire est aspiré comme dans un trou noir de l'histoire. J'étais au lycée en 1989, et ne connaissais pas la ville. Le mur, c'était mon adolescence enfuie, mes certitudes illusoires et la première mort de mon père; il s'était trompé. Il avait eu tort. Le mur de Berlin s'était planté entre mon père et moi. Moi du côté de ceux qui fêtaient les blocs envolés. Et lui qui pensait à toutes ces années perdues, les siennes aussi, à sa responsabilité. Même à travers l'écran de télévision, l'évidence dans la joie ne trompait pas. Que les parents sont faillibles, je l'avais compris à travers les milliers de personnes en liesse dans les rues de la capitale allemande. Ça ne collait pas, ça ne collait plus avec ce que j'avais appris, entendu, compris, plus avec rien de ce que j'avais vécu jusque-là. J'étais adolescente, on oublie. Tu faisais partie de ceux qui dansaient sur les ruines du mur ; je vous regardais interloquée avec envie, surprise et incompréhension. Le monde avait été divisé en deux des années auparavant, par d'autres que moi, que nous, que nos parents même, et j'étais du côté, non seulement des perdants, mais aussi des coupables. Je n'avais rien demandé pour cela ; je poursuivais tranquillement le chemin tracé. L'erreur était humaine, mais lorsqu'elle est si énorme qu'elle remet en cause jusqu'au fondement de tout ce que l'on a reçu en partage ? Je tremblais sur mes bases. C'est pourtant si peu de chose, regarde, le monde a déjà tourné – tu m'offres une carte postale de la chute du mur pour accompagner de trois mots ton cadeau d'anniversaire. Les années sont passées là-dessus et sur les absurdités historiques, sur les crimes, les drames, les illusions et les réconciliations impossibles. Pitié que l'homme, qui a cru en cela pendant des décennies. Pitié pour ceux qui sont nés sous ces années, moi je n'étais qu'à la charnière ; nos enfants regardent ce passé avec les yeux interloqués du voyageur exotique qui découvre une civilisation disparue ou des œufs de dinosaure au pied de la montagne. Nous étions toi et moi de part et d'autre du mur et, à quelques années près, rien n'aurait pu nous rapprocher. On s'est pourtant trouvés, mais pour finir au même point : tout impossible entre nous, seul le mur est tombé.

Il y a dans mon bureau, à côté des tubes de Nembutal, de la corde que je garde pour me pendre quand j'en aurai trop insupportablement assez de ne pas te voir, une liste de chansons interdites. Comme au bon vieux temps du stalinisme, j'exerce ma censure contre moi-même. Je m'interdis d'écouter les chansons françaises, qui dégoulinent d'un sentimentalisme m'arrachant plus de larmes que la mort de Fantine, interdiction aussi de quelques rengaines italiennes, trop irrémédiablement liées à mon enfance, et qui rapportent avec elles, accrochée à leurs basques mélodiques désastreuses, la nostalgie de tout ce que l'on a perdu. Ne reste que le rock anglais, mais Joe Strummer est mort. Nous voilà une fois pour toutes face à l'indécrottable certitude de la perte. *On mourra seul*, le souvenir d'avoir été enfant, plongé dans la douce illusion de l'unité du monde, nous le rappelle tous les jours.

La nostalgie m'envahit souvent l'après-midi, bizarrement. Serait-ce que jamais il n'y eut de nuit ensemble. La radio est la pire ennemie, qui serine sans crier gare des chansons d'amour languissantes vous déchirant les oreilles autant que le cœur. Je me demande où tu es, cet été, dans un mois d'août étouffant. Mon imagination est tournée vers toi comme le tournesol ivre vers un soleil disparu. Désorientée, je t'invente de mille manières dans mille endroits, avec la seule certitude que ce ne sera jamais les bons. Avec tes anciens collègues, tes amis, je discute de tout sauf de toi, je dissimule le manque qui déjà disparaît, puisque sans toi je vis tous les jours ; je me lève, déjeune, dans le miroir de la salle de bains il y a une femme qui t'oublie et des secondes qui nous séparent. Je m'imagine être partie au bout du monde, obligée par une guerre, un travail, une perte ; en allée ailleurs, te laissant derrière moi comme une valise chargée de lettres et de photos égarée dans l'arrière-salle d'une gare bondée. Ma vie ressemble au hall de la gare de Lyon un jour de départ en vacances : on s'excite, on pense au voyage, on en oublie que le bonheur était dans ce présent inexistant que l'on ne saisit jamais qu'après, trop tard. Mais le présent ne m'a jamais enchantée. Je vis dans le regret de ce qui fut et l'attente de demain, l'espoir, la gaieté à venir. Il faut beaucoup d'euphorie ou une bonne dose d'alcool pour faire semblant du contraire. Je voudrais me noyer dans l'instant, puisque ne me reste que la pomme, immédiate, et que toujours la petite amertume bileuse du cafard s'immisce au milieu du soleil d'été. Cette saleté de mélancolie, désir de retour, d'un retour impossible car quand bien même je reviendrais où serait-ce et vers qui ? tout a été balayé, oublié, dévasté et je voudrais retrouver quoi hormis la douleur de ne même plus avoir d'utopie douce dans un coin de la tête. Je n'ai peut-être plus d'amour pour toi, juste la certitude qu'il est passé et de sa disparition le regret.

Nos enfants courent dans un jardin inconnu où nous disparaissons. Aurais-je aimé tes enfants autant que toi – ou bien été jalouse de l'amour que tu leur portes, de l'amour dont ils sont nés ? Je ne les ai croisés qu'un après-midi de printemps, autour d'un square joyeux où tu les accompagnais. J'étais seule et n'avais pas de prétexte pour m'approcher d'eux, jouer avec eux – juste la curiosité. Je regardais leurs visages à la recherche de toi, de ton image enfant, de celui que je ne connaîtrai jamais, plus interdit encore que l'amour de ma vie aujourd'hui : toi jeune.

Les vastes portiques du poète, toujours réinventés, où nous étions tous rois, ont disparu pour moi bien avant toi. Je suis d'un pays dont l'on ne parle pas. Nous chevauchions parmi la foule, innocents de tous les discours qui de côté nous mettraient. Nous étions si peu mélangés que l'on pouvait se prendre pour des sultans à loisir. Personne ne nous rappellerait alors que c'était du carton-pâte. Je vivais princesse de mon royaume de souris. Je ne sais pas comment est venue l'idée de la mort. Car c'était bien de la mort qu'il s'agissait lorsque je regarde le passé par-delà le sourire de mes parents. La preuve en est que nous n'y sommes plus, que tout de ce monde-là s'est écroulé à jamais. Où étais-tu, toi, pendant ces années ? Tu vivais ta jeunesse moderne en écoutant de la musique folle et en sautant par-dessus les frontières. Tu chantais sous les branches de lauriers de Provence ou de trémières insulaires. Les couleurs de l'été étaient fraîches, champêtres, vos cuisines, agréables et rustiques. Le bois de pin clair des parquets crissait à peine sous vos pas. J'entends la voix de ton père, qui expliquait aux invités ce qu'il avait transformé dans la demeure, dans le domaine. Il criait : ici il n'y avait rien, j'ai fait cette maison, j'ai élagué ces pins, j'ai ouvert cette perspective entre les quelques rangées de vignes et le potager. Mais ce dont je suis le plus fier, c'est d'avoir construit ce petit chalet de bois caché derrière les grands arbres. J'ai fait cette terrasse. Ici avant il n'y avait rien. Au milieu du repas il se levait alors et soudainement s'emparait du taille-haie, coupait trois branches et le reposait au milieu de l'allée. Il lui suffisait d'avoir dit pour penser avoir fait. Ainsi il anéantissait l'existence même de l'autre, du manuel, qui était là entre sa bouche et ses yeux pour transformer le monde à sa guise. Sans doute ne pensait-il même pas qu'il pût y avoir le moindre accroc dans cette machinerie. Rien besoin de plus entre le cerveau, lui, et la terre, pour la dompter d'un regard, d'un mot. Comme une déflagration, le Verbe avait été donné, et cela suffisait. Personne n'aurait l'inconvenance de demander avec quels outils et en combien de temps il avait construit ce mur, réparé ce

138

toit. Mais si lui, disant, faisait, que reste-t-il à celui qui, exécutant, ne parle pas ?

Il ne restait sans doute que les mots de la bénédiction, et le remerciement. Les nôtres étaient balayés, pas insultés, non, simplement omis. Notre douleur même était ridicule. Où étais-tu pendant qu'il nous oubliait ? Tu fomentais des révolutions de velours et brocart, tu courais le monde à la recherche d'une embrassade plus large encore. Ton père, il lui avait fallu s'y reprendre à plusieurs fois, et encore n'avait-il réussi à exercer son pouvoir qu'en despote, sans prétendre gagner le cœur de ses sujets. Toi, tu y aspirais par surcroît. Il te fallait te sentir comme nous, nous dérober jusqu'à cela, notre identité, notre misère qui n'était qu'à nous et dont nous pouvions rire. Une fois dans ta bouche, elle devenait autre, elle était sinistre et nous ne riions plus. On nous l'interdisait. Ton regard commandait et nous nous censurions. Tu te mettais à notre place, ce que jamais ton père n'aurait osé faire, et notre place, tu nous en chassais, avec ta lourdeur et ta maladresse de petit roi. Tu écrasais les minuscules articulations de notre monde avec tes guêtres brossées enfilées sur tes jambes de soie. Tu t'es mis à ma place, dis-tu, tu nous comprends, t'exclames-tu, et tu arrives chez moi en pleurant un matin parce que tu m'aimes et que tu m'as comprise. Mais tu n'as pas saisi que ce n'était qu'une certitude et qu'une supériorité de plus, qui nous rabaissait encore. Tu n'as pas compris que ce n'était qu'une nouvelle fois nous détrousser, nous prendre nos mots, notre parole, notre colère ou notre indifférence, notre fatalisme ou notre désespérance endiablée de bonne humeur. Tu nous as volé les dernières miettes de dignité que nous avions su préserver de la rapacité de ton père. Avec cela, c'est moi que tu as emportée. Moi, mon amour, pire que cela, le mur épais de protection que j'avais dressé autour de mon espoir pour n'en plus entendre parler. Tuer les princes. Tuer l'amour. Tuer tous les charmants et toutes les aubes. Dans ta besace, jetée sur le seuil de ma porte en même temps que ton paletot faussement usé et ton sourire de renard, il y avait les mots demain, les mots bientôt toi éternité jamais vérité enfin faits-l'un-pour-l'autre parfait-bonheur avenir oubli égalité.

Il était une fois deux sœurs qui disparurent du collège pendant plusieurs semaines. À leur retour, des rumeurs folles circulaient à leur sujet. On les disait malades. Les autres élèves ne voulaient plus leur parler et les laissaient de côté dans la cour. La rumeur se précisa. On racontait qu'elles avaient *la gale*. Avoir la gale, ce n'était jusque-là rien d'autre qu'une expression employée à tout bout de champ – *allez, viens, n'aie pas peur, j'ai pas la gale* – qui signifiait le refus de se laisser mettre de côté, marginaliser, isoler. Par opposition, celui qui serait vraiment atteint mériterait donc d'être seul dans la cour, séparé des autres dans la classe, honteux, méprisé, contagieux, sale, dangereux. Je me rappelle avoir éprouvé un violent dégoût lorsque l'on m'a rapporté en confidence qu'elles avaient une maladie pareille. Qu'elles aient été soignées, qu'elles en soient guéries, m'importait peu. Elles en avaient été salies. Elles en conserveraient toujours une trace, car finalement, l'avoir contractée, n'était-ce pas déjà la mériter ? Je les regardais de loin avec une curiosité morbide. J'avais entendu dire que la gale *se mettait entre les doigts* et j'observai leurs mains avec terreur pendant toute une journée. Nous tous, les autres enfants, trouvions scandaleux que les professeurs, la direction du collège, nos parents, toujours si prompts par ailleurs à nous interdire de sortie sous des prétextes protecteurs, nous laissent cette fois au contact d'individus dangereux, contaminés, susceptibles de nous infecter. Au soir, chacun partit chez soi prêt à faire assaut de revendications. J'arrivai haletante dans l'appartement, impatiente de retrouver ma mère, et à peine fut-elle rentrée du bureau que je lui appris la nouvelle, réclamant des mesures. Ou plutôt je crus la lui apprendre, car à son air je compris qu'elle savait déjà. J'en avais les jambes coupées. Non seulement j'avais échappé au pire, mais en plus il fallait admettre que ma mère n'avait pas hésité, dans l'inconscience de sa bonne conscience, à m'exposer au danger. J'enrageais. Elle semblait sûre d'elle. Elle me regarda avec sévérité et mon assurance fondit. La déconfiture fut totale quand je fus obligée d'admettre que la terreur sur mon visage provenait de la conviction que la gale était une punition divine pour des forfaits aussi multiples qu'incontestables. La bouche d'or s'ouvrit pour m'expliquer qu'en fait de châtiment, et pour quelqu'un qui se disait rationaliste comme je prétendais l'être, ces jeunes filles, presque encore des enfants, n'avaient tout bonnement pas les moyens de prendre soin d'elles, de se laver correctement, chez elles. À douze ans, ce n'était sans doute pas *leur faute.* D'ailleurs, quelle faute y avait-il dans la maladie, et qui étaient réellement les victimes ? S'il y avait eu un QCM de l'humanisme ce jour-là, j'aurais été recalée dès la première page. Nous les enfants chéris aux joues roses, nous qui nous pensions victimes de l'irresponsabilité d'adultes prêts à nous exposer par philanthropie ou indifférence aux épidémies, nous nous étions comportés comme d'authentiques barbares. C'est sur nous que retombait la honte. Cela me coupa le caquet. Elle était donc là, sous mes yeux, cette injustice si souvent abstraite contre laquelle mes parents nous mettaient en garde quotidiennement, consacraient leurs soirées à s'enfumer les poumons dans des réunions stériles, s'énervaient en regardant la télévision – et je n'avais rien compris.

À onze ans, j'avais failli passer du côté des bourreaux et ne m'en étais pas même rendu compte.

Je suis née le jour de la fête nationale dans ton second pays. Tu arrives à la maison et tu m'apportes, avec tes sourires, un livre et une photo de la destruction du mur de Berlin. C'est un cadeau générationnel, tu t'en rends bien compte, mais je suis du même côté de l'histoire que toi, figés tous deux dans notre ancien régime, et cela te rassure. Quelques années de moins, et j'aurais été incapable de saisir ce que représente pour toi cette foule rassemblée et ces blocs de béton peinturlurés effondrés, ces jeunes gens agiles grimpant sur l'arête coupante, désuète, de ce qui n'est plus autre chose qu'un semblant de clôture de voisinage. J'avais tremblé sans comprendre aux premiers coups de marteau. Il faudrait des années pour en nettoyer les poussières.

Tu arrives chez moi, pour mon anniversaire,

et m'apportes une photo de la ville où nous ne sommes pas allés ensemble. Qui nous tendait les bras et à laquelle tu as renoncé à la veille du départ.

C'est aussi l'anniversaire du soulèvement des ouvriers berlinois. Je ne connaissais pas cet épisode et ce n'est pas le fait du hasard.

Est-ce ce jour-là, ce fichu jour de mon anniversaire, que tu prétends avoir hésité jusqu'aux derniers moments ? Entre Berlin et Paris, entre partir et rester, je ne dirais pas entre ta femme et moi car ce choix-là, tu te donnes mille peines pour feindre de ne pas le trancher.

C'était la veille du départ. Affolée, je t'avais appelé. J'étais seule, sur mon canapé, terrifiée. Tu n'aurais jamais dû me dire que vous sortiez ce soir-là au cinéma, elle et toi. Jamais dû me laisser imaginer le bonheur. Laisser s'insinuer le doute que celui que tu goûtais avec moi n'était pas le seul. Je bourdonnais. Je n'arrivais tout simplement pas à attendre que la nuit passe, une nouvelle nuit ensemble pour vous. Je préférais tout enterrer tout de suite que de céder à l'illusion de profiter du présent qui nous serait bientôt offert. Coups de pied dans la fourmilière. Je t'appelai. Je te demandai de venir. J'exigeai un sacrifice pour le bonheur futur : commerce inéquitable. On ne rassure que ce qui

146

vous rassure. Ce soir-là, tu choisis alors de tout dire. Tu te libéras sur elle et sur moi du poids de cette histoire. Tu rentras chez toi en me disant – ou peut-être ne serait-ce que le lendemain matin ? – que bien sûr nous ne partirions pas. Cela ne signifiait pas encore séparation, mais c'en était les prémices. Trois semaines après cette fausse sortie, pour mon anniversaire – ou peut-être plus tard ? – tu inventas l'idée des tergiversations. Je t'imaginais hésitant, réfléchissant, tenant dans ta main les deux billets d'avion, en regardant les horaires, évaluant le temps du trajet entre ta maison et la mienne, la mienne et l'aéroport, le taxi, l'embarquement – et ce mensonge me causa quasiment plus de plaisir que ne l'aurait fait la moitié du voyage. J'y puisais une forme de consolation. Après tout, qu'était le renoncement à une escapade de cinq jours s'il nous assurait toute une vie ensemble ? Déjà, cette ville avait coupé la terre en deux, s'il fallait en plus qu'elle nous sépare... Auparavant nous savions lire, tout était simple. Il y avait sur le monde, au-dessus de chaque capitale au drapeau planté dans le petit atlas, un système perfectionné qui nous permettait de comprendre. Nous avons appris à désapprendre. L'exercice est retors. Cela donne mal au cou. Eux s'en fichent qui nous ont vendu la géographie ; eux continuent, changeant de vêtement ou n'en changeant pas, pendant que nous nageons contre le courant, contre le courant à l'intérieur de nous-mêmes qui nous entraîne à ne plus nous aimer. Nous avons honte de ce que nous avons fait, nous voulons arracher notre peau, celle d'avant, reprendre nos habits de jeunesse, immaculés, mais le cœur part avec, et les poumons aussi. Nous ne voulons pas respirer cet air faux de l'innocence trahie, de l'ignorance à toute force. Nous ne voulons pas savoir combien de fois on nous a menti, l'essentiel étant que nous y ayons cru. Et de cela, nous sommes éternellement coupables. Je pensais dans tes yeux sortir de l'abîme, je pensais dans tes yeux trouver une voie vers la moindre douleur. L'acquiescement prenait forme lentement. Je n'avais plus de haine contre ma propre haine ; au contraire, il me semblait enfin voir quelque part une issue. J'étais toi, aussi. Je voyais autre chose, autrement. Tu es parti mais le monde est toujours là. Seules les clés ont changé. Je ne pourrai plus retrouver le chemin vers la porte ouverte de l'enfance. Toi, l'enfance, tu la rejoues le samedi soir, le jeudi, et tous les autres soirs de fête où tu danses à n'en plus pouvoir, où tu salues, t'ennuies, invites, inaugures, les soirs où toi qui ne sors jamais tu emportes dans ta bibliothèque peuplée d'incunables les souvenirs de poèmes lyriques appris par cœur pour meubler les attentes, les soirs où toi qui bois à n'en plus pouvoir et qui parles et qui fumes fais mine de renoncer à fumer boire et parler, les soirs où tu craches sur les grands cinéastes et te vantes de n'aimer que les imbéciles, les soirs où tes amis déclament de toi l'éloge hexamétrique. Vos chapeaux sont trop hauts et vos vêtements criards dans l'église mais vous chantez si juste. Vos filles ont appris à jouer des sonates et l'élégance d'en refuser les compliments, elles chevauchent sourire aux dents et avec nonchalance. Nous, nous sommes harnachés à la fête et au vin, on y hurle à tue-tête, on y attrape des jarretières de mariée avec les dents après avoir payé, grassement, lourdement, dans le panier rosâtre. L'ivresse est un tel arrachement. La noce me laisse sur le parvis de l'église, séparée de l'autel et de dieu. J'aimerais être la fille du boulanger ou d'un peintre, d'un pasteur, d'une infirmière, d'un derviche tourneur, d'une astronaute, d'un stoïcien, fille de quelque chose et de quelque part. Accueillez-moi, j'en renierai jusqu'à mon impiété. Mais au banquet pascal, il y a peu de place, dirait-on. Le jour de vos noces tous vos amis étaient là, et même les plus lointains cousins, les mésalliés, les marginaux. Le jour de vos noces ta femme portait sa robe de soie crème, elle s'est avancée avec le rouge aux joues et tu pensais combien nous allons bien ensemble. Le jour de tes noces tu n'as pas remarqué le regard d'un enfant sur le trottoir, qui vous dévisageait étonné devant tant de bonheur. Il vous semblait simple d'exister, parfois. C'était si doux de vous voir, toi et elle, mais aussi tous les autres ; d'entendre le débit régulier de leur voix, l'articulation soignée des syllabes de leur français racé ; il n'était pas jusqu'aux plaisanteries les plus indélicates qui ne regorgent d'élégance innée. Vos convives étaient d'un naturel parfait. D'une simplicité non prolétaire.

Ici le sable est chaud et doux, la terre n'est pas rouge du sang de ceux qui sont partis. Je dois choisir, dis-tu. Tu me regardes et j'ai déjà compris. Si tu choisis, si ton choix n'est pas déjà fait ni ta décision prise avant même la question posée, je suis passée dehors. Dehors les hommes et les femmes meurent de faim. Dehors les hommes et les femmes meurent parce qu'il fait feu ou parce qu'il fait eau dans leur taudis. Parce que, sous le déluge d'argent et d'or sous lequel croulent et s'écroulent les nations, personne ne signe la feuille indiquant les quatre murs et un toit à chacun. Les papiers, les papiers, les papiers sont brandis pour nommer, dénommer, limoger, promouvoir. Les amis les anciens élèves les perdants les gagnants, signer signer signer, ça tourne au milieu du chantier, et autour les hommes et les femmes regardent. Il n'y a rien, au milieu, pour eux.

Parfois tu disparais, et pendant des mois je n'ai plus aucune trace de toi. Je quête silencieusement des nouvelles par quelques-uns de nos amis, mais aucun n'a la finesse ou l'indélicatesse de traduire mes absences. Parfois aussi, n'y tenant plus, je pose la question de manière plus directe. *Et lui?* Je sens alors sur moi pitié et réprobation mêlées. Deux ou trois mots suffisent. Je veux juste m'assurer de ta place dans le monde. Il ne changerait pas beaucoup, ce monde, pour moi, si tu n'y étais plus, malgré tout je suis certaine que j'en éprouverais une peine violente. Je pleurerais de tristesse et d'amour pour toi. Je pleurerais, égoïste, de ne t'avoir revu, de ne t'avoir parlé, au moins une fois, dit à quel point tu fus, quoi? important, déterminant, marquant, indélicat, différent – trop –, irresponsable, humain, aimé? On devrait se méfier de ces sentiments trop vifs, traces mal lavées d'adolescence qui ne font pas le bonheur. Les gens ne changent peut-être pas beaucoup, mais notre tolérance s'amenuise. La peau se tanne et s'épaissit. On embrasse un jeune homme, on se retrouve amoureuse d'un vieillard.

J'aurais tout donné pour faire partie des anciennes femmes de ta vie. Je connaissais par hasard l'une d'elles. Elle avait le même âge que moi lorsque vous vous étiez rencontrés, et aujourd'hui plutôt celui de ma mère. Je l'imaginais dans tes bras, je scrutais son visage à la recherche de ce que tu y avais aimé. Je l'enviais, elle avec qui tu avais vécu, partagé sommeil, repas, vacances, pendant de longs mois, à l'époque où, jeune célibataire, tout était encore possible. Ses yeux aspiraient les miens dans le reflux des années écoulées, et je sentais, à sa manière particulière de poser sa main sur mon épaule, de toucher mon bras, d'effleurer mon dos quand nous nous croisions, de m'envelopper de bienveillance lorsqu'elle me regardait, et aussi à une forme d'amoureuse tendresse, qu'elle avait compris, fût-ce à vingt-cinq ans d'écart. Elle revivait à travers moi et sans nostalgie une partie de sa jeunesse. Elle n'éprouvait plus que de l'amusement pour votre histoire que je n'avais jamais la hardiesse d'évoquer. Lorsqu'elle me saluait, c'était elle-même qu'elle voyait. Le redoublement de nos goûts masculins visiblement communs par des soucis professionnels identiques rendait plus nette l'impression qu'elle avait sans doute que tu la cherchais à travers les suivantes. C'était une fidélité touchante. Tu me parlais des aventures que vous viviez ensemble, des mots qu'elle te laissait, des retards qu'elle t'infligeait. Lors de ton départ au service militaire, où tu restas en tout et pour tout une semaine, elle t'avait préparé une enveloppe pour chacune des soirées que tu devais passer solitaire avant ta première permission et vos retrouvailles. Tu brûlais d'envie de les lire toutes ensemble, pourtant, elle t'avait prévenu qu'il te faudrait attendre, les découvrir puis les déchirer l'une après l'autre, au fur et à mesure de l'avancée de la semaine. Chacune portait le nom d'une journée. La première d'entre elles ne contenait que quelques lignes.

Elle te demandait simplement de ne pas montrer trop de curiosité pour les autres lettres glissées dans ta valise. Il suffirait d'attendre que le temps s'égrène. Bien sûr, il y avait les nouveaux paysages, la tension de l'Histoire. Après tout, ce n'était peut-être pas le lieu ni le moment pour commencer une correspondance érotique. Tant pis, le risque était pris. Elle choisissait la confiance pour la préserver du ridicule en toutes circonstances. C'est peut-être le privilège d'une certaine intimité, disait-elle. Ainsi parfois, lorsqu'à genoux derrière elle tu écartais ses cuisses et faisais glisser ta langue de ses lèvres à ses fesses, se demandait-elle : que pense-t-il ?

Les autres lettres étaient à l'avenant. Tu les avais conservées dans un minuscule portefeuille vert. Tu avais déserté après lecture de la dernière.

Tu me les montras le jour où tu déclaras que nous partagions tout. Je suis assise sur tes genoux, ainsi que j'aime à le faire, les bras autour de tes épaules, et tu tires soudain de ta poche l'étui fatigué. Tu me demandes si je me souviens de cette femme, que nous croisons parfois ensemble. Son visage n'apparaît pas immédiatement dans ma mémoire, mais son nom, oui, bien sûr. Tu m'apprends que vous vous êtes aimés. Je manque de m'écrier elle a l'âge de ma mère – et me ravise. J'ai déjà compris l'humilité. Que l'âge n'entre en rien dans le bonheur conjugal. Je suis

surprise, et je convoque le renfort de la chronologie. Vérification faite, cela tient la route. Elle
avait dix ans de plus que toi, c'était il y a vingt-
cinq ans, vous portiez blouson de cuir et cheveux longs. Elle a toujours dix ans d'écart, mais
cela ne se voit plus. Elle vit avec un homme dont
elle semble amoureuse. Elle a donc cheminé
toutes ces années en dehors de toi, ne semble
nullement te regretter, pas plus d'ailleurs que
regretter de t'avoir connu. Me prend l'envie
d'être à sa place et de ne pas disparaître dans ta
vie passée. Pourquoi faut-il que je sois la seule à
qui tu réserves ce traitement de défaveur...

Le deuxième jour la douleur du manque était
à son comble. L'absence absurde. La liberté que
vous aviez connue dans les moments partagés
avait éveillé mille imaginations qui la tarau-
daient. *Elle* se libérait et avec elle toutes les
femmes, elle redécouvrait la jouissance et voulait
tout essayer, tout expérimenter, certaine que le
champ des possibles s'ouvrait infini devant
vous, que les gestes universels et les accouple-
ments millénaires n'épuisaient en rien tous vos
plaisirs. Elle bénissait son époque et plaignait
celle de sa mère ; l'avenir de ses enfants était un
enthousiasme, puisque de progrès en progrès, de
libérations en émancipations le bonheur et le

plaisir se répandaient sur le genre humain. Elle embrassait ses amies sur la bouche et c'en était une joie.

Le troisième jour, il lui était décidément impossible de décrire la frénésie de la rue en armes à l'endroit où *elle* se trouvait. Trop de monde, trop de mots. Toutes les ressources de la rhétorique, elle les mettrait donc à son profit dans un seul et unique dessein : masquer le rouge qui lui monterait inexorablement au front lorsqu'elle entamerait le récit des premiers instants. Les plus bouleversants. Ceux qui suscitaient en elle une modification profonde de son cosmos intime. Tout à coup, tu la pénétrais, et tout s'encolorait. Si longs eussent été les baisers, les caresses, son sexe dans ta bouche, tout ne convergeait que vers ce point de renversement de l'ordre des choses où tu glissais en elle. Déjà ta présence entre ses lèvres provoquait un échauffement de son ventre. Puis tu t'enfonçais résolument mais tendrement. Cela durait quelques secondes mais c'était un bonheur, un plaisir aigu mais doux, sans douleur, juste émouvant. Tu étais en elle.

La jalousie qui me saisissait à imaginer ces scènes me bouleversait. Ce n'était pas exempt d'une curiosité perverse. Il était plus facile pour moi de t'imaginer au lit avec *elle* qu'au cinéma avec ta femme, comme tu le fis la veille de notre départ programmé pour l'Allemagne. J'étais bouleversée, allongée sur mon canapé, incapable de m'empêcher de t'appeler pour te demander de ne pas faire cela : *aller au cinéma avec ta femme*. Tout aurait été possible, nouvel enfant, bague de prix, diamants, voyage romantico-tropical. J'aurais tout préféré à cela, savoir que vous alliez, bêtement, simplement, main dans la main et yeux dans tes poches, au cinéma tous les deux. Je t'en voulais d'avoir accepté. De m'infliger cela. Le scénario semblait avoir été écrit de toute éternité, elle et toi, le ou les enfants, la maison ou l'appartement. À première vue, les failles étaient moins apparentes que les poutres de votre salon. À seconde vue aussi. Vous pouviez faire l'amour autant que vous en aviez envie, cela n'avait pas d'importance et ne remettait pas en cause ma confiance en ton amour pour moi; mais allant ensemble au cinéma, vous étiez invincibles. Je m'attaquais à une forteresse blindée de crédits immobiliers et de vacances amoureuses, d'escapades les jours fériés et de grasse matinée du dimanche, de petits cadeaux – caleçons, livres, stylos-bille, lingerie légère – qui s'épaississaient en cadeaux plus grands par le goût et par le prix, les années passant et votre situation s'améliorant – cartables de cuir, tableaux, lingerie fine. Vous vous êtes rencontrés jeunes, dix-sept, dix-neuf ans, et avez suivi vos études tout près l'un de l'autre – soutien mutuel dans les épreuves, médecine, droit –, puis vous êtes séparés au début de l'âge adulte, brièvement, le temps pour toi d'une aventure avec une mère de famille mariée de trente-cinq ans – ce n'était pas raisonnable – et l'occasion pour elle de rendre tous tes amis amoureux fous. Enfin, les retrouvailles à l'aube de la trentaine pour faire deux enfants en six mois. Ou bien était-ce une jeunesse folle: au cours d'une soirée de drague et d'alcool, vous vous plaisiez pour la première fois sur une musique des Clash et un bloody mary. Après

160

avoir flirté une bonne partie de la nuit et de manière tout à fait satisfaisante, elle rentrait chez elle, à Caen ou à Marseille, résolument amoureuse et espérant te revoir. Las! tu rencontrais deux jours plus tard une executive woman hollandaise avec qui tu t'installais à Amsterdam ou Francfort – elle t'en voudrait toujours, et quand tu revins en France trois ou quatre années plus tard, célibataire, tu la rappelas, encore rongé de culpabilité mais sans avoir épuisé tout le désir que t'inspirait son regard triste; il était temps, alors, de repartir de zéro. C'est l'option que tu choisis, et tout devint clair, l'évidence était là, il semblait que tu l'aimais, tu allais même jusqu'à affirmer n'avoir jamais cessé. Elle te fit bien sûr payer ces apartés bataves. Tu en acceptais le prix sans broncher, éternellement reconnaissant qu'elle t'eût pardonné ton crime rétroactif. Mais ta culpabilité retombait sur moi, ce soir, dans cette salle obscure où tu prétendais purger ta peine conjugale.

Il n'en était pas moins certain que tu sortais au cinéma et que j'étais, moi, allongée sur un canapé désert, amorphe, incertaine d'exister. Il y avait dans cette banalité de la vie quotidienne qui vous enveloppait une évidence qui m'arrachait des larmes. Le naturel ruisselant de votre couple, sa cinéphilie/ta mélomanie, ton sens de l'ordre

/son génie organisateur, son rationalisme/ta sensibilité, votre élégance racée et votre éducation, la distance teintée de désenchantement avec laquelle chacun de vous regardait son milieu, les cinq ou six années qui de bon aloi vous séparaient, ta gentillesse, son intelligence, tout martelait à coups sourds à mes oreilles qu'il en irait de moi comme des feuilles d'arbre jaunies égarées sous vos pas. Vous alliez au cinéma comme vous étiez allés au théâtre, un soir, quelque temps auparavant. J'attendais sur un banc. Je regardais les femmes passer en me demandant laquelle, en les enviant toutes d'avoir partagé avec toi ne serait-ce qu'une même rangée à l'orchestre, une loge au balcon. Comme si ce monde m'était à tout jamais interdit, plus étranger encore qu'il ne l'avait été jadis, je voyais la façade du Palais-Royal avec des yeux éteints. Même si la colonnade était la même, tout me semblait différent depuis mes vingt ans et l'exaltation de mon premier voyage seule à Paris. Il m'avait portée précisément ici, un aimé m'ayant offert deux places pour une pièce au Français, de nous y emmener tous les deux en voiture, et avec ça un billet d'entrée pour la vie. J'aurais dû me méfier : la pièce était médiocre et le trajet pour monter à la capitale long, mais, exaltée par l'euphorie des premières fois et le sentiment de la conquête, je découvrais mon rêve : Paris, le théâtre, et une espèce d'amour. Tout était tristement littéraire et faux. Dix ans plus tard, j'étais assise au même endroit, peut-être sur le même banc, à attendre le passage d'un homme et de sa femme. La ville était devenue familière, l'amour aussi. Devant les murs blanchis, il aurait été faux de dire que passaient mes souvenirs. J'avais perdu tout désir de me rappeler celui qui m'accompagnait ce soir-là. Dans une demi-brume, il s'en était fallu de peu que cela tourne mal. Peu m'importait, finalement, où étaient ces dix années enfuies. Je n'avais, l'espace d'une sortie de théâtre, d'autre existence qu'avec toi, tendue vers le vide où vous n'apparaissiez toujours pas. Sur le banc je suis pierre, lourde. Puis un homme, très jeune, s'assoit à côté de moi. Il me parle, je lui réponds, je lui souris. Il travaille non loin de la place, commis dans les cuisines d'un restaurant de prestige du quartier. Il aime fumer une cigarette devant l'entrée des artistes, ça le détend. C'est un métier difficile, surtout pour les apprentis. Il me donne son prénom, je l'oublie. Sa pause est terminée, il s'en va. Je vous vois arriver de loin, marchant l'un derrière l'autre à un mètre de distance. Toi derrière, ta femme devant. Tu me sembles soudain petit. Mais si tu venais à moi demain sur le trottoir, m'en souviendrais-je ? Tu marches la tête en l'air et le regard égaré, mains dans ta veste, projetant chacune de tes jambes avec ce petit trop de souplesse et de nonchalance. Tu te balances de droite et de gauche. Je la regarde, bien sûr, je suis venue pour cela. Pour vous voir ensemble. Ta femme porte des chaussures à talons plats. Je ne la vois qu'à peine. Mes yeux s'accrochent à toi, c'est toi ; dans la foule il y a un homme, dont la présence me bouleverse, il est là, soudain. Vous disparaissez à la devanture d'un café.

Le quatrième jour au détour d'une heure morne de la journée, *elle* revit ton visage allongé sur le grand lit blanc, ta tête posée sur les draps. C'était le moment où vous faisiez l'amour, elle serrant tes hanches entre ses cuisses, t'ayant enjambé. Tout lui revint en mémoire à la fois, et en particulier le mouvement nerveux de ton sexe entre les muscles de son vagin. Ce seul souvenir suffit à provoquer les mêmes contractions affolées de son bas-ventre soudain humide. Elle te sentait très exactement; tu étais là. Elle avait le plaisir de la possédante.

Votre histoire reprend ses droits ; cette fois, ce soir, vous sortez au cinéma. Je n'éprouve même plus le besoin d'y aller voir, la Comédie-Française m'a suffi. Tu me préviens dans l'après-midi. Peut-être aurais-tu mieux fait de t'abstenir. Après, après, après qu'il sera trop tard, tu regretteras de n'avoir pas menti. À ta femme, à moi. De ne pas m'avoir dit que tu restais chez toi, au travail, chez des amis, partout mais pas au cinéma la veille de notre départ. Sur le moment tu prétendis seulement que c'était programmé de longue date. Que tu ne pouvais y couper sans, sans quoi ? éveiller ses soupçons, la faire souffrir, ou bien en avais-tu simplement l'envie ? Voyant mon nom s'afficher sur ton téléphone portable, avec le minuscule logo que tu lui avais attribué, entendant la sonnerie caractéristique, dont j'ai oublié depuis si elle imitait la *Symphonie inache-*

vée ou le *Requiem*, tu compris vite que seule la panique me poussait à t'appeler à cette heure. Immédiatement, il y eut de l'inquiétude dans ta voix, et aussi l'ébauche de quelque chose comme il arrive enfin ce qui devait de toute façon arriver, et pour finir la mise en branle du lourd mécanisme conduisant à ce que nous faisions mine de craindre. Tu semblais te douter, toi aussi, que quelque chose craquerait avant le moment de ta main dans la mienne et de l'avion au bout de nos regards nous emportant vers le Grand Est. Il ne pouvait en aller autrement. Ce n'était pas le *fatum*, mais simplement l'évidence que l'amour allié à l'absence complète de lucidité ne menait qu'au n'importe quoi. Nous devions partir le lendemain pour nos premières nuits ensemble et tu étais au cinéma avec elle. Me montait la tristesse à la gorge. Tu ne parvenais pas à ne pas te sortir magnifiquement de tes incertains mensonges ; il était si simple de vivre ainsi. Par mon appel au secours, je tombais moi-même dans mon propre piège. Je t'avais dit mon angoisse, tu décidas de venir. J'attendais ton arrivée ; j'ai attendu longtemps. Jusqu'à ce qu'à vingt-deux heures tu frappes à la porte. Tu arborais une mine de sortie de commissariat. D'une voix défaite, tu me racontas les heures précédentes passées à avouer. Pour me rejoindre plus vite en cette veille de départ, plutôt que d'inventer un prétexte professionnel inopiné, tu avais préféré tout dire. Ce faisant, non seulement tu retardas ton arrivée chez moi, mais tu interdis de fait notre voyage.

Quels furent les mots que tu choisis ce soir-là ? Toujours est-il que tu révélas tout. L'essentiel et l'artificiel, le superflu et l'assassin. Tu lui dis les phrases qui lui firent mal, mais tu ne prononças pas celles qui m'auraient rendue heureuse.

Tu ne viendrais pas avec moi en Allemagne.

La Comédie-Française, et les dix ans passés, tout me remontait aux paupières. Je posai deux mains autour de mes tempes et j'appuyai avec force et longtemps.

Le cinquième jour c'était arrivé presque par hasard. Comme *elle* allait se retourner, se mettant à plat ventre en réponse à une pression ferme de ta main sur sa hanche gauche – exécution preste, cercle de sa jambe au-dessus de tes épaules, rotation de 45° puis 90° de son bassin, la tête désormais tournée vers l'oreiller où elle pouvait étouffer ses cris si jamais te prenait l'envie de la pénétrer plus avant, alors ce serait à n'en pas douter cet emballement du plaisir mêlé de douleur légère et de surprise – et puis non tu t'étais arrêté là, avais saisi sa cuisse au moment où elle passait devant ta bouche, l'avais empoignée de ta main gauche et maintenais ainsi ses jambes dans une position de ciseaux, elle de profil, qui te permettait un engagement plus profond. Elle criait sous la nouveauté, ravie. Tu explorais et elle découvrait avec toi des zones spécialement sensibles. Elle t'encourageait à aller plus loin, que surtout tu ne t'arrêtes pas. Dès lors qu'elle avait dépassé sa pudeur, elle n'aurait voulu pour rien au monde laisser le voile retomber sur sa tête. C'était les seventies, on s'amusait encore.

Je ne me rappelle plus comment la porte s'est ouverte sur votre appartement, comment j'y suis entrée, ni pourquoi, qui m'y a invitée. Il me semble que c'est toi que je vis le premier, tandis que ta femme se tenait obscure dans le couloir sans haine. Je me souviens d'une lumière verdâtre autour des fauteuils en cuir aperçus dans le salon. Des rayonnages de livres s'alignaient sur les étagères non dépourvues de bibelots; une fois encore j'observais, notais, jaugeais l'intérieur enfin découvert qui servait d'alibi à tes heures. Les inévitables tapis orientaux jonchaient le parquet ciré. Je ne sais pas qui a pris la direction de la cuisine, si elle te précédait, ou bien si tu estimas d'office plus prudent, plus discret, moins solennel de deviser au milieu des casseroles. Il semblait évident que le salon n'était pas pour nous. Le salon, c'était la réception officielle, le couple en son royaume, la famille telle que d'elle-même elle entendait donner l'image. Nous étions la face d'ombre de cette représentation parfaite. L'adultère, ça se règle en cuisine. Après avoir longé un grand couloir, nous avons pénétré la coulisse de la maison. À nous la cuisine, la nuit, la lumière d'une ampoule. Nous nagions depuis si longtemps dans l'intime. Nous ne le découvrions pas, nous l'incarnions. Le trop-plein de secrets qui débordent en confidences, l'identification précise des replis du corps de l'autre, de ses émois, de ses faiblesses, l'excès dans la proximité.

Je n'avais aucune curiosité à retrouver son visage ni elle le mien. Ils nous étaient déjà familiers. Par-delà la communauté des couleurs, yeux, cheveux, peau, il y avait eu tant de discussions, de descriptions, d'imaginations sur ce qu'était ou serait l'autre que sa présence soudaine n'apportait nulle nouveauté. Aucune illusion ne nous retenait plus à aucun fantasme : nous avions chacun étalé nos faiblesses et nos failles. Seule la douceur de son regard m'intrigua. Nous trois assis là et sachant tant de choses, après si peu de temps, les uns des autres. Nous trois plongés dans notre communauté involontaire. Nous trois tournant en rond dans une course folle comme des bateaux démâtés. Tu ne disais rien, ou pas grand-chose. Tu répétais ce que tu m'avais déjà asséné, ce que tu lui avais déjà promis. Au-dessus du frigo trônaient des boîtes de médicaments, des enveloppes décachetées, un pot de fleurs séchées. Une radio était allumée en sourdine à côté de l'évier. C'était celle que tu écoutais le matin pendant la préparation du petit-déjeuner et dont nous disséquerions plus tard les nouvelles dans des conversations sans fin. Une chaise d'enfant m'accablait dans un coin. Des photos s'éparpillaient sous un couvercle transparent, une nappe avait été pliée sur un meuble de bois que tu avais sans doute convoité, déniché, acheté. L'épreuve de la cuisine était sans appel. Je devais rentrer chez moi.

Quelques jours plus tard tu m'appelas d'une cabine sur la route de tes vacances. En partance pour une destination lointaine qui me demeura inconnue, tu prétendis avoir volontairement oublié ton portable *à la maison*. Il m'aurait fallu tout dire en si peu de temps. Inventer des mots, trouver les formules cinglantes, être originale et drôle, comme si j'avais encore pu sauver quelque chose, te convaincre – mais de quoi ? je ne le savais plus moi-même ; l'envie m'était passée depuis des lustres de concourir aux premiers prix comme une vache aux comices agricoles. Dans le cas d'espèce, il n'y avait pas d'accessit. Surtout, l'énergie me faisait défaut. Je choisis de saccager ce qui pouvait encore l'être. De brûler ce qui pouvait te rester d'estime, puisqu'il n'y avait pas assez d'amour. Je t'incendiai. Désespé-rée, j'étais désespérante. Après quelques minutes

174

de hurlement téléphonique, je n'eus plus de nouvelles de toi. J'avais beau chercher frénétiquement un moyen de te joindre, quelqu'un à appeler, les cauchemars m'envahissaient bien plus que ceux dont je venais momentanément de troubler la quiétude. Il me fallait m'enfuir, je devenais insupportable. Je choisis l'Allemagne.

Le train en partance de Metz prit la direction de Strasbourg. Après une heure de transit j'embarquai pour Stuttgart. De là un autocar m'emmena au cœur de la forêt souabe. Le long de la rivière, des maisons médiévales, des colombages, des lumières rouges à la chaleur protectrice s'échappant des vitrines. Les feuilles mortes stagnaient au bord de l'eau. Un entrelacs de branchages tressait un filet d'où ne s'échappaient que goutte à goutte les petites taches de couleur brune, pourpre, ocre qui s'élançaient sur la surface miroitante. De l'autre côté, une maison aux murs jaunes abritait l'ancienne demeure d'Ernst Friedrich Zimmer, artisan menuisier magnanime connu pour avoir proposé six mois d'hospitalité à un poète lunatique renié par sa famille. Il y resta trente-six ans. La maison et sa chambre ronde brûlèrent en 1875. C'était bien après sa mort, entre-temps le poète et son hôte étaient devenus des emblèmes du génie national. La reconstruction se fit presque à l'identique. Ici étaient venus se recueillir tous ceux qui aimaient la littérature allemande et la poésie tout court. On y trouvait aussi des traces du temps où les chantres du national-socialisme avaient tenté de transformer les sources du Danube en berceau de la grande Allemagne, et Hölderlin en icône du Reich millénaire. Pourtant son romantisme même était une résistance. Les modernes déambulaient dans sa tourelle penchée au-dessus du Neckar, nos pas effaçant peu à peu les slogans qui avaient piétiné la mémoire du poète.

Je t'imaginais traversant le pont, venant à ma rencontre dans les rues pavées. Tu étais ma réconciliation, mon père et mon passé. C'était une évidence et cela ne nous menait pas loin.

Entre le moment où je pris conscience qu'il me fallait partir, quitter les lieux, dégager le terrain, laisser la place, et celui où je descendis l'escalier de votre immeuble, la mémoire est floue. Ta femme et moi, nous discutons longuement dans la cuisine. Le chat rôde. Où va-t-on, se lamente la radio. Les hommes et les femmes n'ont plus de quoi payer leur loyer, je n'ai pas de travail et le chômage touche dix pour cent de la population, mais je pleure dans une cuisine parce que tu m'abandonnes. On ne peut tout apprendre, j'ai trop misé sur le sérieux et le futile reprend ses droits. Je m'imagine avec mon père traversant l'Allemagne de l'Est en voiture ; il déteste les militaires en armes dont les uniformes lui rappellent ceux de la Wehrmacht. Obligé de faire la queue au poste-frontière, à bout de nerfs, il a soudain l'idée de glisser dans son passeport sa carte du parti communiste français et un billet de banque. Il tend le tout au soldat qui arpente la route où stationne le convoi immobile. Une dizaine de minutes plus tard, un plus gradé revient le voir avec les papiers. Il fait un geste réprobateur du bout du doigt en lui montrant l'argent, replace carte et billet à l'intérieur du passeport, le glisse par la fenêtre dans un salut puis lui fait signe de sortir du rang et de doubler la longue file de voitures bloquées depuis deux heures. L'idéal en prend un coup sur l'arrière de la tête. Il n'abandonne pas pour autant ses convictions, je ne lui en ai jamais voulu de cette fidélité. Il nous raconte l'épisode avec de l'amertume dans la voix. Il n'y en a pas dans la voix de ta femme t'expliquant calmement que tu peux partir. Tu ne le feras pas. Je n'ai aucun billet de banque à te glisser dans la poche. Dans ma poche ne traînent que de vieux mouchoirs et un casque auquel pendait jadis une lampe électrique. Dans ma poche, bientôt, il y aura les miettes de ce repas. Tu restes là où tu as choisi d'être et où je n'ai rien à faire, dans la cuisine tranquille d'un appartement familial.

Ce n'était pas ça...

Tu lui disais, mais non, il n'en a jamais été

question, je ne partirai pas, je le lui ai dit – et moi je pensais, pourquoi mon père n'a-t-il pas démissionné du parti avec tout ce qu'il en a bavé ? Tu me regardais et me demandais si je comprenais, et je disais oui, oui, bien sûr, je comprends, tu ne peux pas partir, mais tout de même, pourquoi est-ce que tu m'as dit ces mots ? Au nom de quoi, si ce ne sont les mots, est-il resté fidèle toute une vie durant à un idéal qu'il ne voyait pas réalisé ni même simplement incarné ici – heureusement – ni à l'Est ? Les mots n'auraient décidément aucun sens ? Tu me réponds mais si bien sûr, ils ont du sens, d'ailleurs je lui ai tout expliqué, je lui ai dit que c'était une *histoire d'amour*, une vraie, et pas simplement une passade, elle a compris, mais maintenant, c'est fini, je ne partirai pas, et je voudrais que tu l'acceptes. Je n'avais que peu à faire de la reconnaissance du statut d'histoire d'amour que tu me faisais l'honneur d'accorder à notre aventure avec la même solennité que si tu remettais les conclusions d'une commission d'enquête onusienne. Tu semblais me signifier que je devais me réjouir du privilège ainsi octroyé, qu'après tout tu aurais pu aller jusqu'à dénier toute réalité affective à ce qui s'était passé, jusqu'à ravaler cela au rang de simple incartade hormonale, avatar plus ou moins banal du bien

connu démon de midi. Mais ces pseudo-privi-
lèges sonnaient faux. Ce qui avait été blessé en
moi n'était pas l'amour-propre, ou si peu, et il ne
m'aurait pas été plus douloureux que tu consi-
dères notre histoire comme une erreur. Le problème était ailleurs. Il était dans les phrases que
tu avais employées, dans les moments que nous
avions partagés, dont les souvenirs me remon-
taient systématiquement à la tête lorsque je
commençais à devenir raisonnable. Ces images
prenaient corps avec une virulence qui m'empêchait de douter : je t'aimais, tu m'aimais. Seul le
heurt de ces instants passés si doux avec la bru-
talité du présent m'ébranlait. Alors, peut-être les
mots signifiaient-ils autre chose, de plus grand
qu'eux-mêmes, mais aussi de plus fragile...
peut-être signifiaient-ils tout à la fois l'amour et
l'impossibilité de l'amour, la sincérité et l'ambiguïté des sentiments, le désir impatient d'être
ensemble et la profondeur de ton attachement
conjugal, l'éternité de ce que nous avions connu
et sa fugacité, sa dissolution instantanée dans
l'instant de notre inéluctable séparation. Peut-
être y avait-il la même honnêteté profonde et
beaucoup de courage, que ma tristesse m'empêchait de comprendre, à la fois dans ton amour et
dans ton départ. Je voulais de toutes mes forces
accepter ta décision, c'était certain, d'ailleurs

181

avais-je aucun autre choix que la bonne figure – j'avais toujours préféré les héros fiers dans l'adversité, imbus et magnanimes, respectueux d'autrui et supérieurs. En même temps une voix criait en moi je ne veux pas, je ne veux pas que tu t'en ailles, je ne veux pas que cela arrive, pourquoi mon père n'avait-il pas tout laissé tomber avant qu'il ne soit trop tard, avant qu'il n'y ait plus de possibilité d'arrêter sauf à y laisser sa peau ? Un soir, de sa voix grave et fêlée au fond de son lit, il m'avait dit *Fais bien attention à toi* et ces mots encore me faisaient pleurer, comme s'ils signifiaient autre chose qu'une mise en garde ; je vais partir, tu seras seule. Je vais t'abandonner. Fais bien attention à toi, tu ne me l'as pas conseillé, homme muet, tu choisis simplement de hurler avant que je ne me précipite devant les roues de la voiture qui arrivait trop doucement. Pourquoi n'avait-il pas fait attention à lui-même, puisqu'il pressentait que les choses seraient si compliquées, après ? Pourquoi avoir laissé les particules toxiques s'accumuler dans les artères à la manière dont les suies des moteurs diesel encrassaient les grilles d'aération des galeries de mine, lorsqu'il y travaillait encore, et le mener droit vers ce lit droit sans pardon – pourquoi et surtout qui ? montrez-moi le coupable, je lui montrerai ma douleur. Mais il était trop

182

tard. Rien, pas même moi, n'avait pu faire dévier sa route. J'étais paralysée de ma propre impuissance. La mécanique était en marche qui bientôt me broierait. Tu étais assis à côté de moi dans la cuisine, tu avais pris un tabouret, me laissant la chaise – il n'y en avait que deux. Tu étais froid et posé, les quelques lueurs de tendresse qui luisaient encore par intermittence dans tes yeux ne semblant plus relever que d'une stratégie calculée pour mieux prévenir tout dérapage de ma part.

Je ne me rappelle plus comment de là je suis sortie, ni dans quel état. De cette épreuve, les traces sont certes quelque part inscrites en moi, mais pleines de poussière. Je dois creuser profond pour en retrouver le sillon. La moindre évocation ressuscite, de toute manière, avec le souvenir, l'anesthésie qui m'a permis de franchir le seuil de ton appartement.

Bien sûr, je t'ai rappelé, plus tard, après. J'étais hébétée mais je continuais à vivre. Ce que je te disais, tu me prévins alors que tu le lui répéterais mot pour mot. Que c'était désormais votre pacte, tout lui dire, et pour toi le seul moyen de t'en sortir. Tu lui dirais quand je t'appellerais. Tu lui dirais si je voulais te voir. Tu lui dirais le pire et le meilleur, tu déballerais mes intimités, mes misères, mes ridicules, mes tendresses, mes horreurs, mes angoisses, mes paniques jusqu'à mes crises, mes déprimes, mes coups de barre, coups de cafard. Mes abîmes deviendraient trous de souris. Tu avais glissé là-dedans couple, mariage, famille, institution, adultère, et ça bouchait l'horizon. Mes grands airs de grand large sentaient tout à coup le rance. Tu ne m'as d'ailleurs pas avoué tout de suite lui avoir rapporté que l'on s'était retrouvés dans ce café près de ton travail, pour parler de nous, de notre échec, de la nécessité pour moi de comprendre (tu portais un pantalon de treillis vert terrifiant, je trouvais qu'il t'allait bien). Je te regardais arriver et je savais que c'était fini : il était miraculeux de te voir avancer, droit et souple, inaltérable au milieu des passants de figuration. Je ne comprenais pas que nous puissions nous approcher encore et ne pas nous embrasser. Cela relevait pour moi d'un scandale bien plus grave que de faire l'amour en pleine rue (l'avions-nous déjà rêvé pour Berlin ?). Tu t'assis près de moi. Je sentis soudain mon corps s'alourdir ; il pesait une tonne. Je tentais d'empêcher que cela ne se produise, comme ça, mais ça arrivait à grands pas. Les mots n'étaient pas définitifs, *tu ne voulais pas me faire de peine*, tu laissais des portes ouvertes que je prenais pour des promesses, tu t'embrouillais dans ta tendresse. Je ne savais pas que j'agissais désormais en terrain découvert. Je ne me doutais de rien, alors que de la peste il ne faut pas davantage se méfier que de la rapidité avec laquelle l'amour devient l'ennemi. Tes paroles doucereuses m'endormaient. Plus tard, oh, rien ! à peine quelques jours, tu assenas, péremptoire, soudain viril, te prenant pour un homme, que de toute manière tu lui disais tout ; et tu osas faire semblant de penser que cela était naturel, évident, que bien sûr je le savais ou aurais dû le deviner depuis longtemps. Je tentais quelques esquives, des questions, pour tester la validité de la formule *tout lui dire* – c'était peut-être une image, une façon de parler, une manière d'hyperbole en somme. Que nous avons fait l'amour le soir où tu es venu après lui avoir parlé, tu le lui as dit ? Tu lui avais dit. La crise de nerfs en bas de chez moi ? Aussi. Les cadeaux renvoyés, le téléphone coupé ? Tout. La seule chose que tu ménageais, provisoirement, c'était la villa des Jonquilles, les deux jours que tu étais censé passer seul, pour réfléchir, la maison où je t'avais rejoint malgré toi. Mais cet ultime secret partagé ne résista pas longtemps. J'imagine que, aujourd'hui encore, le moindre croisement fortuit de regards entre nous fait l'objet d'un rapport détaillé. Enfin, puisque la thérapeute conjugale qui vous avait pris en charge avait diagnostiqué que c'était indispensable, tu te soumettais avec une docilité déconcertante. Notre histoire était désormais en vente libre. Tu t'emparas de ma part, la maquillas comme une voiture volée, et tu leur donnas tout. Non seulement tu devais leur livrer ce que nous faisions ensemble, au moment de la séparation, mais encore ce que nous avions fait. Tu te complaisais à revendiquer la transparence. Tu prétendais devoir *sauver* ton couple, comme si ce n'était pas toi qui l'avais mis en danger, mais un élément allogène. Comme si celui qui avait allumé l'incendie pouvait devenir tout à coup le héros d'une histoire réinventée. Tu décrétas ma condamnation rétroactive. Il devint formellement indispensable de narrer par le menu l'intégralité des occurrences de nos rencontres – après tout, pas si nombreuses –, de faire suivre sur-le-champ e-mails et textos, de détailler où, quand, comment et pourquoi je t'avais retrouvé dans la maison des domestiques, où quand comment et dans quelles dispositions de nos corps nous avions fait l'amour pour la dernière fois, mais aussi pour la première fois, et les autres. Tu m'avais – occasionnellement – raconté d'elle des secrets que je n'avais pas à connaître, et tu en étais soudain gêné; tu lui livrais les miens en retour. Quand l'amour se délite, il a des indiscrétions insupportables, des odeurs acides et des inélégances que l'on ne se pardonnerait pas si tout ne semblait permis pour protéger sa peau, sortir de la culpabilité, s'extirper du fusionnel, tailler la route à grandes enjambées. Je nageais là-dedans moi aussi, enchaînant les appels intempestifs et les coups de machette dans mon amour-propre. Notre vulgarité me revenait en pleine figure avec la violence d'un dîner en ville. De moi, elle savait tout, j'en savais aussi beaucoup d'elle : cette promiscuité nous prenait au piège comme des rats de laboratoire aux réactions programmées. Nous hurlions au téléphone, nous pleurions, elle me disait que tu l'aimais – tu te relevais dans la nuit en pleurant pour lui demander pardon, vous avez fait l'amour, vous n'avez jamais cessé de faire l'amour. Je lui disais que tu m'aimais – tu me l'avais répété, nous avions fait l'amour, nous n'avions jamais cessé de. Je ne voulais rien entendre mais j'écoutais. Ce n'était pas que je m'intéresse à une quelconque vérité. Il n'y en avait bien sûr aucune. L'obsession douteuse des faits n'exerçait sur moi nulle fascination. Simplement, il y avait trop de complications, trop de souffrances, ça n'aurait pas dû. Après la mise à nu, il fallait se refaire une nouvelle peau, tant la première était à vif, rouge de honte. Mon amour était devenu une maladie vénérienne. J'aurais voulu pouvoir le cacher, n'en parler qu'à moi-même, mais je n'avais pas encore serré assez fort les doigts autour de la joie qui me prenait chaque fois que je t'apercevais.

Cette certitude que je t'aimais, tu la leur as confiée. La thérapeute, ta femme et moi, nous étions les femmes de ta vie, ne pouvions-nous tout partager ? La balance penchait lourdement en ma défaveur, et je me sentais seule prévenue devant ce tribunal. Il te manquait un surcroît de cynisme ou de sentiments pour ne pas faire trop de mal. J'aurais dû briser là mais je laissais faire. La corde glissait autour de mon cou. Personne ne pouvait rien pour moi. Personne n'avait rien pu pour moi. Tu commenças à analyser ce que tu étais venu chercher dans mes bras – ce n'était donc pas moi. De complice, ta femme devint receleur. Tout était permis. Si cela t'était recommandé comme une thérapie pour ton ménage en péril, tu me marcherais sur le cœur. Il était temps de mettre à la voile.

Je tente de calmer mes poussées d'amour sans méthadone. Après l'été il y eut l'hiver, et au cours de l'hiver je partis pour l'Allemagne. Au lieu de les raviver, cela apaisa mes souvenirs. Bien sûr, il y avait cette envie de te voir, toujours présente, d'imaginer ce qu'il en aurait été de nous si... mais ce voyage me rapprochait de ce que tu connaissais. Je regardais des paysages qui t'étaient familiers, mais où tu n'étais plus. J'avais aimé ce pays grâce à toi, je t'aimais désormais à travers lui. Dans chacun des mots d'allemand que j'entendais semblait resurgir des souvenirs enfouis dans la langue, intonations, accents traînants, manières de reprendre le souffle entre deux phrases, comme si c'était elle qui avait conservé la mémoire de ton passage. Comme si tu y avais laissé une minuscule empreinte, indéchiffrable à l'œil nu, imperceptible sauf pour quelqu'un obsédé de t'aimer en l'écoutant. Il était beaucoup plus évident encore d'y retrouver les tournures et les images qui t'avaient imprégné. La langue autant que le pays semblaient avoir modelé ton comportement en d'étranges réflexes parmi lesquels il était difficile de démêler ce qui était propre à ton caractère et ce qui provenait de cette familiarité exotique avec une culture différente. J'étais reconnaissante à l'Allemagne d'avoir effacé en toi l'éducation conservatrice dont tu ne m'avais fait le récit que par bribes. Je m'amusais de ce qu'il en transparaissait parfois, sans même me douter que de ces résidus désuets, que je croyais inoffensifs, tomberait le couperet sur mon amour. Loin de France, perdue dans un pays si longtemps honni par tout ce qui portait cocarde, je retrouvais la saine haine de cette bourgeoisie bleu-blanc-rouge, de son mépris, de son assurance, de sa morgue, et qui me privait de toi.

J'entendais au loin le son d'une voix, la tienne.

Le dimanche après-midi, ma mère repassait dans le salon et dehors il pleuvait. Mon père regardait la télé, les retransmissions sportives et les débats politiques, je faisais mes devoirs. J'apprenais par cœur des leçons que je récitais à voix haute à une assistance imaginaire en arpentant ma chambre, je finissais mes exercices.

L'horizon était plus bleu dans les pages noircies d'encres aux couleurs variées dont je décorais mes cahiers que derrière les rideaux de voile blanc. J'en étais persuadée. J'apprenais à dire merci, bonjour, à saluer et à incliner la tête gentiment. J'ai le souvenir de jours fériés passés à mon bureau, qui étaient un bonheur. Ils me menaient tout droit vers mes espoirs, la capitale, la réussite, le mérite, et ne me menèrent de fait que vers toi et ces larmes. La gaieté qui m'envahissait, concentrée sur mon bureau, au fond du petit appartement surplombant la vallée et l'usine, à l'abri de la pluie mais entendant son crépitement ruisseler dans la gouttière qui traversait ma chambre, elle était très semblable à celle que j'éprouvais t'attendant, entre deux embrassades et trois coups de téléphone.

Tu m'avais peu raconté tes après-midi dominicaux. Je les imaginais familiaux, nombreux, un peu austères malgré les chahuts colorés d'enfants, neveux et cousins. La fantaisie chez vous se nichait dans les arrière-cours et sur les pelouses dissimulées au fond du grand jardin où tu embrassais tes cousines. La grande maison de pierres grises vous abritait tous, à moins que ce ne fût l'appartement parisien aux parquets luisants. On y accédait par une cage d'escalier recouverte d'un épais tapis de velours cramoisi. Derrière les battants de chêne, solides comme la généalogie familiale, commençait l'amoncellement savant d'un faux désordre. Les clichés auraient dû faire sourire, moi, j'en étais éberluée, tout ce monde de gens bien, cultivés, ayant lu tant et tant d'ouvrages, semblaient considérer comme naturel de vivre en archétypes. Tu courais enfant le long de ce couloir interminable sur lequel s'ouvrait une nuée de portes. La cuisine était spacieuse, claire et blanche, la lumière y frappait droit. Les fourneaux rehaussés de casseroles n'étaient pas le domaine de ta mère, mais celui de la gouvernante. On n'y pénétrait pas beaucoup. J'ai souvent détesté la nourriture des gens trop riches – peut-être ta famille aurait-elle fait exception ; je n'en sais rien, je ne t'ai connu que rebelle, héritier repenti et amant marginal. Le salon recelait des canapés exubérants comme des plantes carnivores, les bibliothèques, des livres inutiles. Les rayonnages étaient sans conquête. La propriété toujours une affaire sérieuse.

La grande ville je ne l'ai jamais prise au sérieux. Je vagabondais dans mon transit salarié, en visite, perpétuellement stupéfaite devant les intérieurs et les élégances impeccables. Éternelle touriste sur ces boulevards où nos rendez-vous sont d'après-midi, où nos petits-déjeuners paressent jusqu'à midi. Nul enfant de chez nous n'avait rien à faire là. Mille endroits m'intimident où mes parents n'ont jamais mis les pieds. Comment m'autoriser ce qui leur était interdit ? à eux inaccessible et comme un dû pour moi. Je chasse ces pensées moroses, je cours d'un bout à l'autre de la cité pour te rejoindre dans un café bruyant au moindre coup de téléphone. On y a quelques souvenirs. On y parle le soir, parfois longtemps. Toute la ville me semble conspirer à nos conversations secrètes. On s'y découvre. Le premier soir où il nous est permis de discuter tardivement, nous nous asseyons au fond du bar obscur, loin des regards de terrasse. Tu sembles redouter ce que nous faisons, tu ne sais où aller, crainte de rentrer trop tard, crainte que nous n'ayons rien à nous dire. Il aurait peut-être mieux valu. Tout alors se serait arrêté, vite, et l'on n'aurait gardé de notre rencontre que le souvenir, somme toute agréable, d'une journée à rouler l'un sur l'autre au fond d'un lit. Face à ta gêne, j'étais mal à l'aise. Face à ton silence, je restai coite, mais de bonne humeur. Tout allait cesser naturellement, comme une bougie qu'on souffle : nous n'étions finalement que peu faits l'un pour l'autre et nous nous regardions déjà avec compassion, comme deux inconnus prisonniers ensemble d'un ascenseur en panne. Tu me dis trois ou quatre choses glaçantes sur ta vie de famille. *Tu n'étais pas sur la pente qui menait à la séparation* au moment où nous nous étions rencontrés. Je ne compris pas. Avais-tu peur de me voir m'enfuir, de me blesser, peur d'en dire trop ou pas assez. Tu arborais ton beau sourire triste et j'avais envie de pleurer tant je sentais qu'il aurait mieux valu que tu t'en ailles ou que je ne t'aie jamais invité chez moi. Il arriva alors quelque chose. Un serveur en passant derrière toi te bouscula, tu te retournas en maugréant, puis, comme si cela te donnait l'occasion de tester une idée qui trottait dans ta tête, tu te levas. Je crus que tu partais. J'allais dire déjà ? lorsque je te vis t'approcher, franchir l'espace entre les tables de bois sombre qui nous séparait, me prendre les mains et t'asseoir à côté de moi sur la banquette dans un sourire. J'étais joyeuse. Nous avons passé le reste de la soirée à nous embrasser.

Le sixième jour *elle* rêvait de nouveau d'embrasser ta bouche, puis de glisser sa langue sur ton ventre, longuement, sérieusement, te prenant dans sa main, à ses lèvres, jalouse de ton plaisir, jamais soumise mais curieuse, soudainement patiente, capable de t'attendre, remettant à plus tard l'envie qu'elle avait de toi pour explorer jusqu'au bout son audace et sentir ton acidité légère, ce goût acidulé si peu viril qui la faisait sourire. J'aurais dû être cette femme pour te plaire. Je n'étais pas prête à ce détachement.

L'été qui suivit notre rencontre je n'eus pas d'autre choix que de partir seule. J'avais peur de l'ennui et de l'inaction, la perspective de me retrouver face à ton absence me terrifiait. Mais c'était dans la vie quotidienne, dans ces petits-déjeuners banals et obligés, que le souvenir était le plus cruel. Les vacances, avec leur lot de dépaysement, de changement de rythme, permettaient au moins de fuir le simulacre de réalité. Sans travail, sans horaires autres que ceux de la crèche, de l'école, des réveils et couchers d'enfant, je redoutais aussi la liberté totale. Je choisis la pratique intensive d'un sport quelconque qui m'épuiserait et m'obligerait à concentrer mon énergie sur des gestes simples. Sur une plage au large de l'Atlantique Nord, je regardais la mer en me disant que tu m'avais quittée. Je trouvai refuge auprès d'un volcan-glacier au nom imprononçable. Sur mon île froide, je me disais simplement qu'il était difficile d'ouvrir la bouche et pleurer. Mes yeux brûlaient sous le vent glacial et mes lèvres étaient gercées. Je ruminais mon silence.

De Bretagne à l'Islande, je parcourais les îles pour couvrir ce bruit de ma tête sous le ressac des vagues. Toujours l'Allemagne revenait me prendre. Cela détruisait mes résolutions, mes projets, mes fidélités. Mon père m'avait laissée seule, et seule je me retrouvais face à toi. J'aurais voulu courir dans tes bras comme je courais dans les siens lorsqu'il revenait du travail, mais je ne pouvais pas. Tu ne voulais pas de moi comme enfant adoptée. Tu m'avais imaginée en maîtresse, en amante, peut-être en d'autres choses encore, et je n'y correspondais pas. Mon amour était trop fort pour la passion. Je me remis à l'allemand. J'avais commencé enfant, au primaire, avec l'instituteur. Dans notre région anciennement annexée, comme en Alsace, beaucoup le parlaient couramment. On avait souvent interdit à leurs parents de s'exprimer autrement, ils l'avaient étudié à l'école et en avaient conservé la maîtrise. J'étais frappée de voir que le maniement de cette langue ne suscitait aucune haine, y compris chez ceux qui avaient lutté contre l'occupation. Ils la séparaient intuitivement de l'idéologie. Leur aisance linguistique leur donnait même une supériorité sur ceux qui les avaient envahis. Les traces du passage de l'histoire parsemaient notre langue comme des traînées de nuage se dissolvent à l'arrière des avions : dans les salles à manger de nos grands-parents, leurs accents nous apprenaient leur passé. Nous héritions des blessures et des fiertés. Nos parents avaient connu la guerre, ils nous avaient transmis leur peur et leurs traumatismes. Adolescents, nous ne voulions plus entendre parler allemand. Nous nous sentions sommés de rejeter tout en bloc. Notre rébellion passait par là. Nous étions si près de vous, cinquante kilomètres tout au plus, et ne venions presque jamais vous voir. Le poids de l'histoire parsemait de tombes la ligne frontière. Nous flirtions avec l'antigermanisme pour affirmer notre francité et notre fidélité à nos aînés, qui ne nous avaient pourtant rien demandé d'autre que la paix. Je reprochais secrètement à ma grand-mère de préférer parler une langue dans laquelle son mari avait été tué, plutôt que le français qu'elle rechignait à utiliser. Elle qui avait maudit les nazis chaque jour pendant quarante années restait attachée à l'allemand, qu'elle parsemait volontiers de mots italiens ou luxembourgeois avec une agilité qui ne rendait que plus flagrante sa mauvaise volonté à parler français. Son accent latino-guttural inédit me semblait tracer une frontière invisible entre nous. Sa prononciation dans notre langue à nous, qu'elle refusait de considérer comme la sienne, me la rendait inaccessible et lointaine. Le fossé linguistique traversait ma famille et coupait en deux les générations. Nous étions les Français, elle, une étrangère – elle, c'était ma grand-mère adorée. Grâce à elle, il m'aurait été facile d'être à l'aise en allemand ; je m'entêtais stupidement à le refuser. Je refusais tout en bloc venant de ce pays trop proche du mien. C'est mon amour pour toi qui m'a fait, tout à coup, d'un seul souffle, aimer et comprendre. Nous étions attablés à la terrasse d'un café. Je t'écoutais en parler en pensant que je t'aimais. Nous étions si proches et si semblables. Pourtant tu utilisais un « nous » dont j'étais explicitement exclue, un « vous » qui me rejetait. Je refusais de ne pas me sentir concernée parce que je n'étais pas née ici ou là, avec tel ou tel sang dans les veines. Ton expérience traçait entre nous, a priori indéfectiblement, un fossé d'incompréhension que je voulais combler. Je ne pouvais prétendre t'aimer sans entendre ce qui t'avait marqué. Le dépaysement et ton ancien exil te rendaient plus lucide et moins conciliant vis-à-vis de nos défaillances. Tu avais des inquiétudes étonnantes et des craintes qui me semblaient désuètes. Pourtant, comme je t'aimais, je compris d'un coup et d'un seul. Tout ce qui t'était arrivé me devint familier, rien de ce qui te touchait ne me laissait indifférente. Je ne voulais pas te perdre, et parce que je t'aimais je cherchais à t'entendre avant de te juger. Si tu pensais cela, toi, mon amour, cela méritait au moins que je m'intéresse à tes raisons. Qu'importe ce qui restera de nous, je n'aurai pas tout perdu à avoir vaincu l'armée de mes propres préjugés. Tu es parti, mais l'amour est resté et ce fort désir de comprendre.

Le septième jour tu te plaças entre ses jambes ouvertes, et d'un bref mouvement de reptation ta tête, tes yeux, ta bouche se trouvèrent à la verticale de son pubis, sous *elle*. Elle avait peur, elle ne savait si c'était de ce que tu voyais et qu'elle ne verrait pas – est-ce que cela te plaisait ? –, de ce que tu pensais – est-ce que tu songeais uniquement à lui faire plaisir ou aimais-tu réellement ? – ou de ce qui se passerait ensuite : ta langue chaude s'insinuant dans le creux de ses fesses puis remontant vers ses lèvres. Elle préférait presque que tu la caresses de tes doigts, tant était sinon violent et rapide le plaisir que lui donnait ta bouche, la privant du temps d'en profiter. Elle voulait sentir en elle chacun des gestes, chacune des parcelles d'intimité que vous partagiez toujours plus avant.

Tu n'avais pas d'autres lettres. Les avais-tu perdues ou était-ce la dernière ? Lorsque tu me les avais fait lire, j'avais été tellement happée par l'affection qui se dégageait encore, vingt-cinq ans plus tard, de votre histoire que les mots s'étaient fixés avec une précision amoureuse dans ma mémoire. J'aimais moi aussi cette femme avec d'autant plus de fougue que je ne pouvais pas aimer ta femme. Trop possessive, trop jalouse d'une histoire qui avait encore cours et qui m'empêchait de vivre pleinement la mienne, je ne l'étais pas de ce qui s'était passé si longtemps auparavant. Envers *elle*, je ne pouvais éprouver qu'une forme tendre de reconnaissance parce qu'elle t'avait donné de la joie, du plaisir, qu'elle t'avait fait découvrir un monde proche du mien et t'y avait rendu sensible. Parce qu'elle était étrangère, aussi, à ce trio infernal qui nous enfermait dans une rivalité absurde. Avec elle tu avais été heureux, mais c'était trop tôt, tu étais trop jeune, avec moi c'était trop tard. L'amour se comportait en parasite opportuniste. Pour peu que les conditions de son développement soient bonnes, il colonisait peu à peu toute une vie, lui donnant des contours et un visage nouveaux, différents, gémellaires, la transformant en vie de couple, la démultipliant en vie de famille, envahissant la pensée pour y faire entrer l'autre à tout moment. Si au contraire l'instant n'était pas propice, s'il y avait plus de contrariétés que de satisfactions à en attendre, il migrait ailleurs.

Au détour des albums de photos, j'ai fait en sorte de ne jamais croiser ton visage, c'est déjà ça : je n'en ai aucune de toi. On a toujours du mal à brûler les images qui nous font de la peine. Il ne faut pas nourrir la nostalgie, pas plus qu'il ne faut donner de pain aux pigeons : ils pullulent et ne vous lâchent plus. L'autre solution est de les gaver de brioche, de les étouffer de graines jusqu'à ce que, repus et énormes, ils vous laissent en paix. Je n'avais pas ce courage – peur de mourir de faim moi-même, avant. Enfant, je courais, comme des dizaines d'autres, derrière les volatiles. Aujourd'hui je les évite. Regarder les vieux clichés ne me fait pas du bien. J'y découvre une petite jeune fille aux cheveux courts assise le regard lointain sur la plage de Nice. En la voyant je sais très exactement qui a pris la photo, et me reviennent en mémoire les espoirs cachés sous son front. Elle regarde ailleurs mais surtout elle regarde autrement. C'est elle que je pleure en pleurant mon père, elle qui pleine de foi, elle qui pleine de vie. Cette fille porte une jupe rose trop haute sur sa taille et une veste noire trop courte. Adolescente disgracieuse, gauche, sa pose dégingandée révèle des jambes bizarrement maigres. C'est un échassier égaré sur les galets niçois. À l'époque de la photo, tu vivais encore en Allemagne mon amour. J'étais en vacances, heureuse comme jamais, sur la Côte d'Azur. Je découvrais le sud de la France, les vacances des Français, les vrais. C'était la première fois. Auparavant, tous les étés nous prenions la route de l'Italie en famille. Cette année-là relevait de l'inédit. Nous étions parties à deux, avec ma mère. Nous rejoignions mon père en sa convalescence dans la maison de repos de la mutuelle des mines. C'était presque d'un autre siècle, ce voyage ; une survivance du temps où les aristocrates russes soignaient l'hiver et leur tuberculose à Nice. Il avait fallu quatre-vingts ans pour que les bénéfices du climat passent de la noblesse aux ouvriers malades. Nous dormions dans un logement de fonction prêté par le responsable d'une cité universitaire, rue des Fleurs. Mes parents avaient leur lit au milieu de la chambre, et moi un petit à côté, contre le mur. Je respirais, auprès d'eux, sécure. Nous jouissions d'une liberté infinie dans le grand sud. Mon père ne pourrait plus jamais travailler, ma mère était en congé, moi en vacances. Nous qui n'aurions jamais dû être ici, ce fut le vrai début de notre carrière de Français. Après ça, il n'y eut plus d'étés italiens. Nous avions adopté la France en la regardant par le bleu. Tout était là, sous nos yeux. La Méditerranée se découpait en larges bandes de tons différents, du turquoise à l'indigo. Les ciels roses des maisons de la vieille ville s'assoupissaient caramélisés par le soleil couchant. Nous avions échappé à la route qui menait vers un sempiternel chez-nous ; nous vivions un début de vie clandestine, presque une cavale, comme des héros en exil. Mon père devait théoriquement demeurer deux, voire trois mois, seul dans sa retraite, et nous avions trompé la surveillance des gardiens, kinés, psychologues, médecins. Il leur avait gentiment fait défaut pendant les quelques jours que nous passions auprès de lui. Il n'allait à la Maison du mineur que pour ses soins incontournables, mais pas la nuit. La nuit, il restait avec nous ; on s'enthousiasmait d'être tous les trois ensemble dans ce si bel endroit. Il n'y avait plus le travail qui l'obligeait à se lever à cinq heures. Plus de réunions tardives. Nous étions seuls au monde, ou presque, nous avions nos horaires, ceux du Sud, nos promenades d'aristocrates déclassés, nos émerveillements de néophytes. Où étais-tu pendant ces mois au cours desquels mon père remplaçait un poumon par de la gaieté et une hypothétique reconnaissance en maladie professionnelle par une récupération exceptionnelle de ses capacités respiratoires ? Que t'importent les chagrins d'une petite fille inconnue : tu parcourais le monde à cette époque, tu dansais au son des années pop, ton père ne te reconnaissait pas derrière tes allures de baba d'outre-Rhin, il se mettait en colère, il était dur, autoritaire, abhorrant 68, tu l'en méprisais mais ne cessais de le redouter – il avait consciencieusement préparé sa fuite en 81, du moins celle de ses capitaux, puis s'était ravisé, rassuré par le pouvoir du pouvoir. Certes il avait placé de l'argent à l'étranger, en Suisse d'abord, au Luxembourg, ensuite, mais tu ne le découvrirais que plus tard, au cours d'un repas familial particulièrement animé où, après les sempiternelles disputes au sujet de tes opinions politiques, il te lâcha que tu ne renierais pas son héritage pour autant et que cela suffisait à faire de toi un bourgeois, ennemi viscéral de tous ceux que tu prétendais défendre, ou bien lors de l'ouverture du testament, à sa mort de grand âge et de grande fatigue – mais tu l'aimais quand même. À moins qu'il ne fût ce sympathique chef d'entreprise au regard noyé d'indulgence pour son fils aîné, toi : Mitterrand était passé par là on n'avait plus de raison d'avoir peur de la gauche, espérant bien qu'un jour – il fallait laisser du temps au temps – jeunesse se passerait et le sérieux, le métier, la famille, vous ressouderaient cette tête brûlée. En attendant, à Nice, je transformais ma crise d'adolescence en crise d'obéissance, j'adorais mes parents. Mon père n'était plus cancéreux mais il crachait à longueur de journée. Ça me rappelait les vieux mineurs qu'on voyait chez nous, et ça me donnait un haut-le-cœur. Il ne pouvait s'en empêcher depuis l'opération ; bien sûr, il faisait attention en public. Parfois, c'était trop fort, on aurait cru qu'il allait étouffer, il posait sa main sur sa poitrine et on savait, avec ma mère, avec mon frère, que quelque chose n'allait pas. Mon frère prenait le volant, on l'emmenait à l'hôpital. Toujours nous avions peur pour lui. Cette peur me poursuit, mon amour ; tu n'y pouvais rien, moi non plus.

Il mettait sa main sur sa poitrine et ses côtes se soulevaient avec violence, comme si tout son corps s'emballait.

Il avait appris à ne pas paniquer, et aussi à cacher ses douleurs pour ne pas inquiéter.

Il posait juste sa main sur sa poitrine et il s'efforçait de calmer sa respiration, en inspirant profondément, en expirant longuement, en penchant un peu le buste vers la terre, parfois en posant l'une de ses jambes légèrement en hauteur, comme par exemple dans l'escalier, quand il n'y arrivait pas. C'était tout ça qu'ils lui avaient appris à la maison de convalescence des mineurs de Vence. Un vade-mecum pour les amputés. Azur de mon cœur qui fit survivre mon père, un peu du moins, quelques années déjà.

Aller à la montagne n'était pas conseillé, à cause du manque d'oxygène. Un jour nous avons pourtant essayé. C'était quelques années plus tard. Ça se passa mal. Il fallut redescendre en catastrophe à l'hôpital sur la côte. Vence et son microclimat, Vence et ses drôles de bons-hommes charcutés des poumons qui se mélangeaient à la foule des touristes. J'aurais aimé t'y emmener. Quelques années encore et nous aurions pu aller danser le soir au son des Nuits du Sud avec les réfugiés chiliens. J'ai pensé, bien sûr, que c'était mon père que je cherchais à travers toi, que c'était pour ça, pour la différence d'âge, pour tes cheveux grisonnants, que je

t'aimais si fort. Tu étais pourtant tellement différent – tout le contraire de lui – que je ne sais
pas au juste pourquoi je t'ai aimé. Quand bien
même ce serait pour l'aimer encore... je ne sais
pas diviser l'amour en tranches, je ne connais pas
le bon et le mauvais amour, l'acceptable et
l'indécent. Tu me manques.

Et la septième s'exténue
Une femme une rose morte
Merci que le dernier venu
Sur mon amour ferme la porte
Je ne vous ai jamais connue.
                    Apollinaire

Tu n'as jamais répondu à mes lettres. Tu continues à faire semblant de rien, de tout. Un autre jour encore, dans un couloir d'une entreprise connue où tu venais travailler et où je déposais une candidature sur la recommandation d'une vague relation, nous nous sommes croisés. Si tu avais été médecin, tu aurais pu m'ausculter sans laisser rien transparaître. Si tu avais été prof, tu m'aurais rendu des copies détestables sans un mot. Avocat tu aurais plaidé contre moi, procureur tu m'aurais fait condamner, DRH, virer. Tu n'étais rien de tout cela, heureusement, mais parfois nos routes se croisaient par nécessité professionnelle. Nous étions dans la même branche en quelque sorte, pas au même poste. Ce jour-là, je sortais des toilettes, le sèche-mains électrique ne fonctionnait pas et il n'y avait ni serviette-éponge ni papier pour y remédier. J'agitais donc mes mains en tous sens, attendant que tu aies terminé ta conversation avec celui que je devais justement retrouver. La configuration du hall d'attente était telle que nous nous étions vus, et qu'il me présenta à toi. Il articula clairement mon nom et mon prénom. Je fus aspirée par le mensonge dans lequel tu plongeas immédiatement; après tout, cette forme de complicité misérable nous réunissait malgré toi. Tu eus cette moue dubitative quand il te demanda *vous la connaissez peut-être* et tu baragouinas un oui, oui rapide et inconfortable pendant que, gênée, je te tendais une main trempée en disant, désolée j'ai les mains mouillées. C'était ma dernière entrevue avec toi. Il n'y en aura sans doute pas d'autre.

GROUPE CPI

*Ouvrage reproduit par procédé photomécanique
et achevé d'imprimer en mai 2007
par* **BUSSIÈRE**
à Saint-Amand-Montrond (Cher)
N° d'édition : 89407. - N° d'impression : 70517.
Dépôt légal : juin 2007.
Imprimé en France

Collection Points